btb
Aus Freude am Lesen

btb

Buch

Im Jahr 1868 begibt sich ein junger Student auf die weite, gefahrvolle Schiffsreise von Helsinki in den Südosten Sibiriens. In der Hafenstadt Nachodka, dem östlichsten Vorposten des riesigen Zarenreiches, nur noch einen Katzensprung von Japan entfernt, will Lennart Falk sein Glück machen. Doch dann wird er Opfer eines seltsamen Anschlags: Auf dem Heimweg vom Kontor des Hafenmeisters schlägt ihn ein Unbekannter hinterrücks zu Boden.
Kaum hat er sich von dieser Attacke erholt, beginnen seine Gedanken fieberhaft zu rasen: Wer trachtet ihm in dieser Stadt voller Diebe, Fälscher und Mörder nach dem Leben? Könnte es der Hafenmeister Petrow sein, mit dessen Frau Aleksandra der Student ein Verhältnis hatte? Oder vielleicht Aleksandra selbst, die von Lennart zugunsten ihrer eigenen Tochter Vera sitzengelassen wurde? Hat der Mordversuch womöglich etwas mit dem Steinkohlefund zu tun, aus dem der Student heimlich Profit schlagen will?

»Sibirien als Ort der Leidenschaften, der Sehnsucht, der Träume und des Begehrens – dieser Roman erzählt davon auf faszinierende, schillernde Weise.« *Huvudstadsbladet*

Autorin

Kristina Carlson, 1949 in Helsinki geboren, hat Gedichte und Kinderbücher veröffenlicht. Für ihr Romandebüt »Ins Land am Ende der Welt« wurde ihr 1999 der Finlandia-Preis verliehen, die wichtigste literarische Auszeichnung ihres Heimatlandes. Kristina Carlson lebt in Helsinki.

Kristina Carlson

Ins Land am Ende der Welt

Roman

Aus dem Finnischen
von Stefan Moster

btb

Die Originalausgabe erschien 1999 unter dem Titel
»Maan ääreen« bei Otava, Helsinki

Umwelthinweis:
Alle bedruckten Materialien dieses Taschenbuches
sind chlorfrei und umweltschonend.

btb Taschenbücher erscheinen im Goldmann Verlag,
einem Unternehmen der Verlagsgruppe Random House GmbH.

1. Auflage
Genehmigte Taschenbuchausgabe März 2003

Umschlaggestaltung: Design Team München
Umschlagmotiv: Alex Colville
Satz: IBV Satz- und Datentechnik GmbH, Berlin
FO · Herstellung: Augustin Wiesbeck
Made in Germany
ISBN 3-442-73005-8
www.btb-verlag.de

Mein Erbteil wie herrlich, weit und breit!
Die Zeit ist mein Besitz, mein Acker ist die Zeit.

J. W. VON GOETHE
West-östlicher Diwan

ZUM BEGINN

Wo liegt Sibirien: Ich meine nicht Längen- und Breitengrade. Ich meine nicht das Sibirien der sterbenden Bergwerksstädte, wo eine fünfzigjährige Frau, die in Häuserruinen nach Spanplatten und Holzresten für ihren Ofen sucht, wie eine Greisin aussieht.

Ich meine auch nicht das Sibirien, dessen Name einen düsteren Klang hat, weil in Rußland und in der Sowjetunion Menschen dorthin deportiert worden sind, aufgrund von Mord, Raub, Betrug, falscher Herkunft oder falscher Gesinnung.

Ich meine das Sibirien der Expedition von Lennart Falk und Kapitän Höök, das Land des Amur, das Paradies.

Eigentlich müßte ich es wissen. Ich habe doppelt so viele Jahre hinter mir wie Lennart. *Ich bin noch nicht alt.* Dennoch schmerzen meine Zehen, und ich kann nachts nicht schlafen. Theodor Gantz befaßte sich mit der Atomtheorie, ich denke eher an Vererbung, denn ich bin mit Lennart verwandt. Ausgerüstet mit einem Kontobuch und einem Heft, habe ich die Reise in die Gegend seines Nachodka unternommen, doch ich bin in einer völlig anderen Welt angekommen.

Ich müßte wissen, was Lennart nicht gewußt hat. Ich spreche nicht von seinem Tod, sondern von seinem Leben. Vielleicht zirkuliert das Blut nicht richtig, und ich kann nicht schlafen, weil ich mit einem Toten reise?

THEODOR GANTZ
Helsinki 1878

Ich kann nicht schlafen. In den ersten Morgenstunden stehe ich von meinem Bett im Arbeitszimmer auf und gehe hin und her. Lennart hat mir seine schmerzenden Zehen hinterlassen. In meinen Füßen verspüre ich ein Brennen, als wäre ich in der Kälte gewesen und das Blut finge allmählich wieder an zu fließen. Lennart klagte über seine Füße, an denen er sich schon auf der Seereise von Kronstadt nach Tvedestrand in Norwegen Erfrierungen geholt hatte. Ich fand keine Hilfe gegen sein Leiden. Liniment, Massage, Wollsocken. Auf dieselben Mittel wäre auch ein Kräuterweib gekommen. Der arme Lennart setzte Vertrauen in mich und beteuerte, daß die Kur ihm Erleichterung verschaffte. Jetzt habe ich das Stechen und Brennen in meinen eigenen Füßen.

Entgegen alle Vernunft und medizinische Bildung denke ich, daß nach dem Tod die vom menschlichen Leib befreiten Atome umherschweben, auf der Suche nach einem Kraftfeld, an dem sie erneut festmachen und ihre Existenz fortsetzen können. Ich habe Lennarts Zehen abbekommen. Wo aber sind Leber, Pankreas, Milz, Nieren und die anderen inneren Organe hingeraten, ohne daß die Empfänger darum wissen? Vielleicht sind auf Petrow die feindseligen Atome aus Lennarts Nieren übergesprungen, da er anfing, über Harnbeschwerden zu klagen?

Am meisten beschäftigt die Menschen wohl das Schicksal von Seele und Geist, Gott, Himmel und Hölle. Darüber mache ich mir keine Gedanken. Es sind Lennarts Zehen, die mich aufwecken und mich zum Schreiben zwingen. Blauer Rauch steigt von meiner Pfeife auf. In Persien hat man Rauchern einst die Lippen ausgerissen, und im Reich der Ottomanen wurden sie aufgehängt. Im Alter werden die Gefahren marginal.

Muß ich die Frage beantworten, welchen Sinn Lennart Falks kurzes Leben hatte? Der Versuch einer Antwort führt mich in tiefe Gewässer. Ich bin Naturwissenschaftler und kein Homme de Lettres. Ich war Lennarts Mitbewohner, Freund und Arzt. Im nachhinein werden die Einzelheiten stets kompliziert, so wie bei einer Obduktion, wenn die inneren Organe aus den Körperhöhlen gegraben werden. Was ist der Sinn von Milz oder Pankreas, abgesehen von dem, was wir über ihre Funktion wissen? Eine überflüssige Frage. Der Leber sieht man an, ob sie verfettet ist oder nicht. Und weiter? Die Organe werden untersucht, gewogen und in Spiritus aufbewahrt. Der Körper wird sauber zugenäht, denn der Tote soll in einem offenen Sarg liegen, damit ihn Verwandte und Freunde betrachten können.

Zu diesem Zeitpunkt sind die Atome zweifellos schon dabei, sich zu lösen. Sind sie am aktivsten unmittelbar nach dem Ableben, wenn die alles zusammenhaltende Kraft der Seele erlahmt ist, oder erst später, wenn das Fleisch zu Staub zerfällt? Ich neige zur zweiten Theorie, denn die Zehen begannen mich erst zu plagen, nachdem ich nach Helsinki zurückgekehrt war. Da waren seit Lennarts Tod drei Jahre vergangen. Nun sind es sieben Jahre. Ich scherze nicht, wenn ich gestehe, daß ich lieber sein Haar genommen hätte, seine hellbraunen Locken. Mein eigener Schädel ist kahl, und was an den Rändern noch wächst, ist grau wie eine Flechte. Trotz seiner Blässe war Lennart ein schöner Mann mit feingeschnittenem Gesicht, grauen Augen und dunklen Brauen. Aber lang und dünn war er wie ein Straußenvogel. Er besaß keinerlei physische Kraft und keine Widerstandsfähigkeit. Meine Gestalt hingegen gleicht einem Faß, sogar mein Gesicht ist in die Breite gewachsen. Vielleicht hat die Dehnung der Haut ein Lächeln in mein Gesicht gezogen, dem ich es zu verdanken habe, daß man mich für einen warmherzigen, wohlwollenden Menschen hält.

Eines Abends, als ich auf das leere Papier einer aufgeschlagenen Seite starrte, erschien plötzlich ein Punkt mitten im Weiß. Ich rieb mir die Augen: als wäre es eine Katze oder ein Hund im Schnee. Der Punkt wuchs und verschlankte sich zu einer menschlichen Gestalt, kam näher und näher. Da erkannte ich Lennart inmitten eines Schneesturms, mit einer Pelzmütze auf dem Kopf, deren Klappen herunterhingen wie die Ohren eines Jagdhundes. Er setzte sich mir gegenüber in den Lehnstuhl, und ohne den Mund aufzumachen, bat er mich, die Wahrheit zu erzählen. Ich goß Cognac ein. Nicht ihm, sondern mir selbst.

Als ich später betrunken meiner Frau Livia von Lennarts Besuch und meiner Atomtheorie berichtete, starrte sie mich an und sagte, ich sei verrückt. Was weiß sie denn von Verrücktheit? Verrücktheit ist Wahnsinn und kein Vergnügen. Das habe ich in Sibirien gesehen.

»Alles fließt«, zitierte irgendein Schlauberger in Nachodka Heraklit. Es war Januar, und das Land steckte in der Umklammerung von Schnee und Eis. Es herrschte kalte Finsternis, in der gar nichts floß. Den Hunden gefror das Bellen im Hals. Unter solch extremen Bedingungen dringt selbst bei einem robusten Mann die Sentimentalität an die Oberfläche.

Ich dachte an meine Heimat zurück, als öffnete ich damit ein erleuchtetes Fenster in der dunklen Wand. Ah – diese Wärme, die Gerüche der heimischen Speisen und Reinigungsmittel, die vertrauten Stimmen, die Berührungen einer Hand! Tränen traten mir in die Augen. Ich hätte jene Tropfen in einer Tränenflasche sammeln sollen, dann hätte ich etwas, woraus ich schöpfen könnte, nun, da das Alter die Tränenkanäle verstopft.

Ich brach ins Land des Amur auf. In Helsinki ließ ich meine untreue Frau und drei reizende Töchter zurück. Als ich wiederkehrte, hatte sich die Untreue gewendet: Jetzt war ich der Verräter und Gleichgültige. Jedenfalls sind meine Töchter in diesem Glauben erzogen worden. Ich weiß nicht. Vielleicht hatte meine Sehnsucht sie in drei Grazien verwandelt. Nüchtern betrachtet, sind in den Jahren meiner Abwesenheit ihre kindlich weichen Züge aufgebrochen, und darunter kam der Charakter zum Vorschein, das, was jede wirklich ist. Bei Mädchen vollzieht sich dieser Prozeß sogar noch schneller als bei Knaben.

Als Lennart Nachodka erreichte, war er zweiundzwanzig Jahre alt und glich einer frisch geschlagenen Münze, die so stark glänzt, daß man ihre Prägung nicht erkennt. Es war ihm nicht vergönnt, in Ruhe zu leben und alt zu werden. Statt dessen starb er zweimal. Ich weiß nicht, ob in die Zellen oder in die Atome eines Menschen ein geheimes Wissen über die Dauer seines Lebens eingeschrieben ist. Wenn der Leib dahinsiecht oder, im Gegenteil, überzählige Zellen produziert, Geschwüre, dann könnte man denken, daß sich die Geheimschrift in der vorbestimmten Weise erfüllt und sämtliche medizinischen Heilungsmethoden machtlos und vergeblich sind.

Und wenn der Tod durch Gewalt herbeigeführt wurde,

durch einen Unfall? In diesen Fällen müßte sich der Kode außerhalb des menschlichen Körpers befinden, in der Niederschrift Gottes oder des Schicksals. Daran glaube ich nicht. Die alten Römer schoren einen Sklaven kahl und schrieben ihm eine Botschaft auf die Kopfhaut. War das Haar nachgewachsen, wurde der Sklave auf den Weg geschickt, die Botschaft durch das von Feinden besetzte Land zu tragen. Sollte das Innere des menschlichen Schädels etwa voller Hieroglyphen des Schicksals sein wie der Sarkophag eines Pharaos? Ich fabuliere! Schließlich habe ich in den einen oder anderen Schädel hineingesehen und keinerlei Schrift darin entdeckt. Du bist ein Dummkopf, Theodor Gantz!

Als Freund und Arzt tat ich mein Bestes, um Lennarts Leben zu retten. Mehr als das. Ich beteiligte mich an der Aufklärung des Mordes, dem er zum Opfer gefallen war, damit der sinnlose Tod und das kurze Leben die Bedeutung erhielten, die Lennart nach dem Anschlag in seinem Schicksal sehen wollte. Kleists Prinz von Homburg sagt: *Seit ich mein Grab sah, will ich nichts als leben und frage nichts mehr, ob es rühmlich sei.* Als Lennart sein Grab vor Augen hatte, fragte er just nach dem, was rühmlich sei.

Die Statistiken geben Aufschluß darüber, wie viele Mörder, Verbannte, Gefangene und entflohene Häftlinge es in Sibirien gibt. Im allgemeinen bringen sich die Mörder gegenseitig um. Die Umstände sind entsprechend. Dennoch fühlen sich die Frauen von Nachodka sicher, wenn sie auf die Straße treten, und in vielen Häusern ist der Bedienstete ein ehemaliger Mörder, so wie Fedja, der bei uns angestellt war.

Ebensogut könnte ich hier in Helsinki vor Eivor zittern. Sie ist unser Hausmädchen, eine aus bürgerlichen Verhältnissen unter die Dienstboten gefallene Frau voller heimlicher Ressentiments. Sie holt die Sachen zum Waschen, und wenn meine Frau nach dem blau-roten Kleid fragt, behauptet Eivor, es sei zum Bügeln noch nicht trocken genug, da es am Nachmittag geregnet habe. Livia besitzt Kleider in allen denkbaren Farben, aber nun will sie ausgerechnet dieses blau-rote. Sie behauptet, es habe nicht geregnet, es sei nur bewölkt gewesen. Sie wisse es genau, denn sie sei mit ihrer Freundin durch die Stadt gebummelt. »In welcher Gegend der Stadt?« fragt Eivor, und Livia sitzt in der Falle. »Hier bei uns hat es nämlich geregnet!« Es vergeht eine Woche, und meine Frau hat ihr blau-rotes Kleid immer noch nicht bekommen. Ich höre mir ihre Klagen an, und es ist wahrscheinlicher, daß Livia mit dem Brotmesser auf Eivor losgeht, als umgekehrt.

Lennart starrt mich an. Er begreift nicht, daß die Gedanken eines alten Mannes ihre eigenen Bahnen ziehen. Er ist jung und ungeduldig. Aber ich brauche mich nicht selbst zu geißeln, das übernehmen im Leben die anderen.

An meinen Patienten sehe ich: Ihre Krankheiten und Beschwerden, das sind sie selbst. Ich spreche nicht von solchen, denen man den Schädel eingeschlagen hat, oder von denen mit einer Schußwunde oder einer Stichverletzung. Ich meine jene gewöhnlichen Bürger von Helsinki, Männer wie Frauen. Sie kommen in die Praxis bei Verstopfung oder wenn die Leber weh tut, und ungefragt gestehen sie, was sie gegessen und getrunken haben. Noch bevor ich den Mund aufmachen kann, verordnen sie sich Weizenkleie und in Wasser eingeweichte Pflaumen. Lauthals beschließen sie, den Portwein künftig beiseite zu lassen, weil sie der große Zeh schmerzt, und schon im nächsten Sommer reisen sie nach Karlsbad oder Marienbad, gymnastizieren vor offenem Fenster, nehmen Wechselbäder, begeben sich abends früh zu

Bett und schlafen fortan nur noch mit einem einzigen Kopfkissen. Ich stopfe meine Pfeife, schenke mir einen weiteren Cognac ein. Genest, ihr Leidenden, kommt heraus aus dem Hain der Pestkranken!

Ein Toter, den man zu Wort kommen läßt, ist privilegiert. Ich habe haufenweise namenlose Tote zu Gesicht bekommen, Erschossene, Verstümmelte, Ertrunkene, Verhungerte. Wer hört auf das, was sie zu sagen haben? Wenn ich auf dem Friedhof Hietaniemi umherspaziere und die Grabsteine entziffere, denke ich, daß sie Bücher sind, die nur aus einem Einband bestehen. Der Mensch, wer er auch war, wann immer er geboren wurde und starb, er ist dem Einband entflohen.

Ich stehe von meinem Stuhl auf, gehe im Kreis umher. Treibt mich der Tod um? Ist er es, der mich so unruhig werden läßt, daß ich nicht schlafen kann? Was, wenn mein Tod bei den Zehen einsetzt, bei Lennarts Zehen? Der Atomtheorie zufolge wechseln sämtliche Atome allmählich den Platz, bis ich genauso tot bin wie Lennart. Nein. Das ist nur ein nächtliches Trugbild. Meine Gedanken haben weder Hand noch Fuß. Theodor, du spielst mit ihnen und mit der Theorie, du brüstest dich mit deiner Philosophie, obwohl deine Hosenbeine schlottern, denn du bist ins Alter gekommen, in dem dir die Last des Morgens so schwer erscheint, als sitze ein steinerner Teufel in dir und klammere sich an den Rippen fest. Vielleicht beneide ich Lennart sogar, weil er schon tot ist? Es ist vollbracht. Vorbei. Jung verstorben, für alle Zeiten bewahrt. Er ändert sich nicht mehr und altert auch nicht. Wenn ich Lennarts Schicksal bedaure, beneide ich ihn insgeheim, als wäre die Zukunft des jung Verstorbenen nicht mit ihm zugrunde gegangen, sondern unerfüllt liegengeblieben: eine leere Schale, in die ich und jeder andere, der lebt, seine che und seine endlosen, mit dem Wort »wenn« beginn Sätze gießen kann. Ohne darum gebeten zu haben, erhält der Tote ein ewiges Leben als Gefäß unserer unvollendeten Existenzen.

Entspricht der Umgang mit einem Verstorbenen kultivierter Nekrophilie? Ich lebe vom Fleisch eines Toten, ich überschreibe die Schrift, das nennt man Palimpsest. Ich bin so müde, daß mir die Tränen kommen wollen, aber die brennenden Augen sind trocken.

Ich schreibe in ein Kontobuch. Es ist ein Buch von guter Qualität, mit festem Einband und klarer Linierung. Meine Handschrift läuft über Soll und Haben hinweg, das Kratzen der Feder klingt wie das Rascheln der Maus hinter der Tapete. In der Nacht ist das verschneite Helsinki so still wie Sibirien.

Ich brauche nicht auf meine Frau zu hören, so wie sie nicht auf mich hört. Livias Gesicht gleicht dem großen Xi des griechischen Alphabets. Drei Striche untereinander. Der lange Strich der Augenbrauen. Der kurze Strich der Nase. Der lange Strich des Kinns. Ihr liegt nichts daran, zu erfahren, wie gewisse fünfzehn Jahre meines Lebens gewesen sind. Ihr eigenes Vergehen ist ausgewischt, denn es sind nirgendwo mehr Spuren ihres nackten Zusammentreffens mit D. auf dem Tisch meines Sprechzimmers zu erkennen!

Die Gedanken prallen gegen das dunkle Fenster. In der Scheibe sehe ich mein Spiegelbild. Meine Theorien schrumpfen zusammen angesichts all dessen, was ich nicht weiß. Mitunter stünde mir der Sinn danach, laut zu schreien und auf der Stelle in die Höhe zu springen, bis der Kopf an die Decke stößt. In Sibirien war der Himmel hoch. Plötzlich sticht die Sehnsucht zu wie eine heiße Nadel. Ich bin kein alter Mann! Achtundfünfzig. Ich bin nicht gebrechlich, sieht man von Lennarts Zehen und der Schlaflosigkeit ab.

Sah ich es in Heidelberg, wo ich studierte und mich im vergangenen Sommer wieder aufhielt? Nein, es war woanders, ich weiß nicht mehr, wo. Ich sah ein großes Aquarium, in dem Tiefseefische schwammen. Merkwürdige Wesen sind das, bunt, schnurrbärtig, manche geflügelt wie Vögel. Ich betrachtete die Fische durch die gläserne Wand und dachte, so sind die Toten. Sie schwimmen, starren vor sich hin und öffnen stumm die Münder. Diejenigen, die wissen, wie es ist, zu sterben, sind in ihrem Wissen eingeschlossen. In diesem Aquarium ist Lennart ein schmaler Fisch, dessen Gerippe durch das dünne Fleisch scheint. Das Wasser im Aquarium wallte unangenehm, ich mußte die Augen schließen. Auch jetzt schließe ich sie. Hinter den Lidern herrscht Finsternis, aber ich will noch nicht sterben.

Ich weiß, worauf du wartest, Lennart, du schwebst nicht umsonst hier in diesem Raum oder im großen Aquarium des Universums. Ich habe gesagt, ich bin kein Homme de Lettres. Kein Briefträger, wie unser Freund Fern im Land des Amur übersetzte. Oder sagte es Jakowlew, der die Frauen belustigte, indem er sich die Nase eines Gecken aufsetzte und Grimassen schnitt? Ich muß nicht lachen. Ich muß weinen. Wovor habe ich Angst? Vor dem Tod? Vater Spiros machte es sich zur Aufgabe, den Weltuntergang zu verkünden. Die Idee des Weltuntergangs spendet den Menschen Trost, denn alle verlieren die Welt auf einmal, und keiner braucht die am Leben Gebliebenen zu beneiden. Ist meine Todesangst nur der Neid denjenigen gegenüber, die auch dann noch leben dürfen, wenn ich gestorben bin, so schwer und banal mir das Leben in dieser Morgendämmerung auch erscheinen mag? Vielleicht ist es die Furcht vor jenem Morgen, an dem ich nicht mehr aufstehen werde, die mitten in der Nacht meine Knochen aus dem Bett reißt, solange ich noch Manns genug bin, sie zu bewegen. Der Prophet sprach von den Knochen, die aus den Gräbern steigen, ein Kleid aus Fleisch und Blut erhalten und gehen werden.

Der Wind pfeift am Fensterrahmen: die Stunde des Wolfs, der seine Zähne zeigt. Bald wird es Morgen sein, ich werde mir das Gesicht waschen, mich rasieren, mir ein Hemd mit sauberem Kragen anziehen. Das Haus wird summen vor alltäglichen Verrichtungen, ich werde auf den Wagen des neuen Tages springen, und die Unruhe wird sich in Geschäftigkeit verlieren.

Noch ein Glas Cognac. Ich behandle mich selbst, als wüßte ich, wo in mir die Stelle ist, an der die Krankheit ausbricht. Ich denke an meine Lieben, wer sie sind, geradeso, als müßte ich sie jetzt zurücklassen. Einmal habe ich es bereits getan, damals, als sie mir noch lieb waren. Schwer zu sagen, worauf die Freundschaft zwischen mir und Lennart beruhte. In der Liebe wie in der Freundschaft wirkt ein Magnetismus. Erst später benennen wir die Eigenschaften eines Menschen und philosophieren über die Gründe der Zuneigung. Das Privileg der Verstorbenen ist ihre Unveränderlichkeit. Lebende Menschen sieht man nie genau, selbst dann nicht, wenn man sie weiter von sich weghält als ein Buch, dessen kleine Buchstaben man nicht mehr erkennen kann. Mit den Toten verhält es sich anders, wie gesagt. Sie werden durchsichtig, um zum Ursprung unseres Daseins zurückzukehren.

Ich weiß nicht, ob ich jemals zum Scharfblick imstande sein werde, aber inzwischen bleibe ich, was ich bin, ein Faß von einem Mann. Ein Geist von meiner Gestalt würde den Damen bei ihren spiritistischen Sitzungen einen gehörigen Schrecken einjagen. Ein Geist darf nicht so aussehen, als habe er Würste und Schweinekoteletts verzehrt. Auf keiner einzigen Ikone und auf keinem Altarbild habe ich je einen beleibten Jesus gesehen. Jesu Korpulenz käme einer Verhöhnung seines vergeistigten Leibes gleich. Vater Spiros wiederum bestand nur aus Haut und Knochen, die sein Geistesbrand zum Tanzen brachte.

Ich bin müde, und mich friert. Ich breite eine Decke über meine Knie, damit ich es warm habe an meinem Tisch. Das Herz wärmt den Körper nicht, obwohl er so viel Fett an sich hat wie eine Robbe. Warum lebe ich nicht in Frieden und verkrieche mich in einem Nest, das mit Spitzendecken, Schonbezügen, Gobelins und Sofakissen ausgekleidet ist! Lennart hinterließ mir seine Zehen, so daß ich eine Aufgabe, ja eine Verpflichtung habe.

Er war ein schwacher Mensch, aber er wollte leben. Er fragte danach, was rühmlich sei, weil er früh ins Jenseits gerissen wurde; nicht in Herrlichkeit, wie Elia, sondern im Dunkeln und heimtückisch. Die Müdigkeit lastet auf mir, ich muß mich auf dem Sofa ausstrecken und mir die Decke über die Beine ziehen. Ich lese, was Lennart geschrieben hat. Ich schlafe nicht.

LENNART FALK

Nachodka 1871

August

Weiß, Weiß, Weiß. Schnee. Ich rufe. Niemand antwortet. Durch das Weiß bricht helles Licht.

Jemand geht umher. Der Boden schwankt. Das Bett schwankt. Im Mund grüner Schleim. Die Finger und die Zehen schmerzen. Ein Kissen. Eiderdaune. Ein Strudel saugt das Schiff hinab. Ich habe Durst. Das Schiff schwankt. Ich muß mich erbrechen. Papier drängt aus dem Mund. Chinesische Schriftzeichen. Fliegen. Tinte breitet sich auf dem Löschpapier aus. Geruch von Blut. Geruch von Eisen.

Verzeih mir, verzeih mir! Ich werde alles erklären.

Leeres Weiß, niemand. Wo bin ich? Komm, hilf mir. Es ist heiß! Verzeih mir.

Nadelstiche im Firmament. Nachtluft in den Lungen. Blut. Herein und hinaus. Der Duft von Rainfarn, von Lehm. Finsternis, weiße Finsternis.

Für mich ist dies der erste klare Tag. Der Himmel ist bewölkt, vor dem Fenster hängt Grau. Ich bin ermordet worden, und ich lebe.

»Die Operation ist gut verlaufen«, hörte ich die Stimme von Gantz durch die Watte. Im Mund hatte ich den widerlichen Geschmack von Äther. Der Kopf pulsierte losgelöst vom Körper, wie das Herz eines Hechtes auf einem Stein. Die Dunkelheit hinter den Augenlidern durchschnitten gelbe Sägeblätter.

»Es ging besser als bei dem Dänen von Tutscheff. Da löste sich der Zahn zwar aus dem Kiefer, aber dann trat eine Herzlähmung ein, und der Patient starb«, sagte Gantz.

Die Sonne zeichnet ein Gitternetz auf die Wand. Ich habe die Augen geöffnet und sehe eine schwankende, weiße Gestalt. Es ist nicht Freund Hein, sondern Schwester Taube. Ich bin nicht erfreut über den Anblick der Schwester in ihrem gestärkten, raschelnden Kittel.

»Wollt Ihr etwas essen?« ruft sie, als hätte ich das Gehör verloren.

Schwester Taube hat zu den Patienten ein ähnliches Verhältnis wie Petrow zur Buchhaltung. Er kennt die Ziffern, kann aber nicht rechnen. Ein gebrochenes Schlüsselbein, ein verstauchtes Fußgelenk, ein von der Axt gespaltener Finger. Schwester Taube ist nicht imstande, einen ganzen Menschen vor sich zu sehen, weder aus beschädigten noch aus gesunden Bestandteilen zusammenzusetzen. Ich bin ein Schädel, ein Stirnbein, das brach wie eine Eierschale. *Fractura verticis carnii.* Gantz spricht die Diagnose ebenso sanft aus, wie er *Cardamine bellidifolia* sagt.

Am Abend sitzt er an meinem Bett. Er mißt Fieber, fühlt den Puls und wechselt den Verband. Wenn er sich in dem knarzenden Korbsessel niederläßt, reflektiert seine kupferne Stirn das Licht der Öllampe. Mein Freund. Arzt, Doktor, Kollegassessor. Man hält ihn für einen fähigen Chirurgen, obwohl seine stumpfen Finger so ungeschickt aussehen, als könnte er mit ihnen nicht einmal seine Schnürsenkel binden.

Jemand von der Behörde war hier und hat Gantz vernommen. Das Beweisstück, die Mordwaffe, war in der Vitrine seines Arbeitszimmers aufbewahrt. Ein halber Ziegelstein.

»Gegen elf bist du von Petrow fortgegangen, quer übers Brachland. Joachimsson hat einen Schrei gehört. Warst du das oder der Mörder? Mit offenem Schädel bist du auf Joachimsson zugegangen. Er sah es im Licht seiner Lampe. Zuerst holte er den Diener und dann mich. Zu dritt trugen wir dich heim. Kannst du dich an nichts mehr erinnern?«

Nein, ich kann mich an nichts mehr erinnern. Ich lief durch die Dunkelheit wie ein lebender Toter.

Fedja bringt mir eine Eierpastete und eine kräftige Fleischbrühe, auf der gelbe Fettaugen schwimmen.

Für den Juli schulde ich dem Einäugigen noch drei Rubel. Und für das Frühjahr bin ich noch einmal soviel im Verzug. Diese sechs Rubel machen mich nervös. Es pocht in meinem Kopf, als er mir das Tablett reicht. Fedja wagt es nicht, wegen der Rückstände Spektakel zu machen, er, der Markthändler aus St. Petersburg, der bei einer Wirtshausrauferei einen Mann durchbohrt hat. Der Mann verlor das Leben, er selbst ein Auge. Vor Gericht half ihm das nicht, das Auge war nicht genug der Sühne. So wurde Fedja als Mörder nach Sibirien verbannt. Seine Strafe verbüßte er im Woiwodschaftsgefängnis von Sachalin. Danach kam der anständige Mensch als Diener aufs Festland. In unserem Haushalt heizt er ein, trägt Wasser, wäscht und putzt. Er weiß Essen zu bereiten, da er in seinem früheren Leben Koch war. Dreimal am Tag bekommen wir Tee und zweimal eine ordentliche Mahlzeit. Gantz und Rosenqvist zahlen ihre drei Rubel stets beizeiten.

Fedja holt das leere Geschirr. Kann man den bereits verurteilten Mörder auch als den meinen verdächtigen? Ich weiß es nicht. Ist der Mord für den Mörder der Anfang oder das Ende? Wenn ich zu Kräften gekommen bin, werde ich versuchen nachzudenken. Fedja hat ein stoppeliges, dreieckiges Gesicht und ein schwaches Lächeln, das braune Zahnstümpfe entblößt. Nicht einmal sein sehendes Auge blickt einen an, gerade so, als starre er auf etwas Inwendiges, das nur er selbst sieht. Einen Albtraum, oder vielleicht nur eine Sehnsucht.

Noch immer liege ich im Bett. Im Fensterviereck sehe ich eine Birke. Fedja trägt gebratene Beluga mit Meerrettichsoße auf. Was geschah mit Kapitän Hööks Meerrettichpflanzen, als er die Felsen von Trinidad erkletterte? Ich habe es vergessen. Ich werde fragen müssen. Ich bitte Fedja, mir ein Heft, Tinte und eine Feder zu bringen. Ich flüstere wie ein Kind. »Ruhe, Ruhe«, sagt Gantz jeden Abend.

Die Operationswunde hat sich nicht entzündet, aber die Gedanken rasen fieberhaft. Dabei ist mein Gemüt immer wie der Schwimmer an einer Angelschnur gewesen. Freude und Hoffnung haben ihn tanzen lassen, als ob eine prachtvolle Beute am Haken angebissen hätte. Bei stillem Wasser, wenn sich nichts tut, ruht der Kork auf der Oberfläche.

Der Mut ist es, der die großen Männer auf Expeditionen führt und sie zu Gewinnern von Neuland macht. Kleine Männer werden von der Feigheit getrieben. Wie könnte man den Unterschied besser aufzeigen als dadurch, daß man eine Öffnung in den Schädel bohrt, so wie sie sich im Winter der Angler ins Eis schlägt? In meinem Kopf ist ein Loch. Ich schaue hinein: ein kleiner Mann, ein Feigling, ein Tropf. Die Leere trieb mich ins Land am Ende der Welt. Ich bereue es nicht. Reue ist etwas so Unbegreifliches wie Kirchenslawisch.

»Ein Leben reicht dir nicht, nicht einmal zwei, weil du nicht weißt, was du willst«, sagte Erik Holm vor vielen Jahren in Helsinki mit höhnischen, wäßrigen Trinkeraugen. In mir wallte die Wut auf. Bevor ich noch den Mund aufmachen konnte, fuhr Erik fort: »Fata Morgana. Die Wirklichkeit und das wahre Leben laufen vor dir her. Einen Meter oder eine Meile entfernt, ganz egal.« Ich weiß nicht mehr, was ich entgegnete. Im Herbst darauf fand man Erik in Punavuori, einem Außenviertel der Stadt. Betrunken und ersoffen lag er, das Gesicht nach unten, in einem morastigen Graben.

»Ein ehrloser Tod«, sagten selbst Fern und Creutz. Ehre? Erik hätte gelacht, hätte sie einen Christbaumschmuck genannt, der an Dreikönig an einem entnadelten Zweig vergessen wird. Einen Knopf, der nur noch an einem Faden an der Jacke hängt.

»Wie geht es dir, Lennart?« fragt Gantz.

Als sich sein großes, fettig glänzendes Gesicht zu mir herabneigt, fühle ich, daß er etwas Weiches, Weibliches an sich hat. Ich muß an meine Mutter denken. Es schnürt mir die Kehle zu, als wäre ich wieder ein Kind, obgleich ich mich nicht erinnern kann, daß Mutter mich je gepflegt hätte, wenn ich krank war. Wir hatten Bedienstete. Meine Mutter ist keine Frau von sanfter Natur. Ich kann mich nicht einmal daran erinnern, daß sie mir übers Haar gestrichen hätte. Dabei tat sie das wohl, zumindest in Anwesenheit von Gästen, als süß verhüllte Ermahnung, mich anständig zu benehmen. Wenn Gantz lacht oder auf deutsch flucht, verflüchtigt sich das sentimentale Gefühl. Seine Wangen schimmern bereits am Nachmittag bläulich, auch wenn ihn Fedja am Morgen rasiert hat.

Gantz ist zu Petrow oder zu Hjort gegangen, das weiß ich nicht mehr. Nun bin ich allein. Die Stille rauscht. Ich erinnere mich an einen Frühlingsabend in Helsinki. Ich blieb in Holms Wohnung zurück, als er und die anderen in ein Lokal gingen, um weitere Flaschen zu leeren. Ich ließ die letzten Tropfen Cognac aus meinem Glas rinnen. Betrunken war ich nicht, sondern in einem Gemütszustand, in dem sich Erregung und Trauer vermengen. Von draußen fiel Licht herein, matt schimmernd, wie die Spiegelung in einem Silberlöffel. Durch das offene Fenster hörte ich Klavierspiel. Langsam, einzeln fielen die Akkorde in den Schacht des Hinterhofs hinab. Ich bildete mir ein, erkennen zu können, welche Töne den schwarzen und welche den weißen Tasten entstammten. Ich dachte, daß ich noch nie so einsam gewesen war. Ich hatte keine Ahnung.

Am Morgen tut sich vor mir die Zeit auf. Sie ist leer und hoch wie der sibirische Himmel. Die Zeit ist ein Gebäude, in dem die Taten Zimmer einrichten. Ich befinde mich auf der Schwelle, liege mit dem Rücken zu meinem eigenen Leben.

Ich starre auf die Uhr, die auf dem Nachttisch tickt, als wäre sie eine Maschine, die Zeit zersägt und spaltet. Die Stunden fallen wie dicke Rundhölzer, die Minuten werden mit der Axt geschlagen, die Sekunden rieseln als dünne Streichhölzer herab. Auch ich verrichte eine Arbeit, indem ich das Zerteilen der Zeit beobachte. Fedja klappert in meinem Zimmer mit dem Putzeimer, er bringt das Tablett und nimmt es wieder fort, er verursacht großen Lärm. Gantz ist in der Krankenstube und Rosenqvist in der Garnison. Sie haben ihre Tagesordnung und wissen nichts von meiner Aufgabe, die Zeit zu beobachten.

Ich lese, was ich in die Hände bekomme, selbst die alten Zeitungen, auch wenn die Augen brennen und an der Schläfe ein Sägeblatt aufblinkt.

Die Zeitungen haben in der Gerümpelkammer gelegen, sie riechen nach Schimmel und Mäusen. Aber sie beruhigen den Sinn besser als jeder Roman und jedes philosophische Werk. Von Jahre zurückliegenden Unglücksfällen und Verwicklungen zu lesen wischt den gegenwärtigen Augenblick hinweg, der einst in gleicher Weise vergilben und zerfallen wird. Buchstabe um Buchstabe rücke ich mein eigenes Unglück der Geschichte und dem Vergessen entgegen, das den Schläfen nicht mehr dieses schmerzhafte Pulsieren aufzwingen wird.

Fedja klopft an die Tür. Er serviert Pelmeni, gewürztes Lammfleisch in dünnen Teigbündeln mit zerlassener Butter und saurer Sahne. Ich esse gut. Ich komme zu Kräften. Gantz wechselt meinen Verband, mißt den Puls, das Fieber. Die Wunde ist nicht entzündet. Ich bin ermordet worden, und ich lebe. Es gelingt mir bereits, den Kopf anzuheben, ohne daß mir schwindlig wird. Wenn ich mich Gantz gegenüber beklage, daß mir die Zeit lang wird, sagt er, das sei ein Zeichen der Genesung. Ich darf nicht aufstehen. Ich setze meine Arbeit fort, ich überwache die Zeit.

Ob der Grund für Fedjas Zahnlosigkeit tatsächlich die Rauferei ist oder doch der Skorbut? Mich ekelte, als ich einmal sah, wie er die Kelle in die Sauciere tauchte und kostete. Dennoch ist Fedja bei den Frauen beliebt. Reizt es sie, daß er ein Mörder ist? Solche gibt es hier zur Genüge, Mörder, Schächer, Diebe und Fälscher.

Mein Mörder läuft auf freiem Fuß umher. Wie wirkt eine solche Tat auf einen Menschen, wenn er der einzige ist, der darum weiß?

Von der Stirn prallt der Schmerz zurück und durchfährt mich vom Kopf bis zu den Zehen. Die Zehen, meine verfluchten Zehen, an denen ich mir schon auf der ersten Seereise Erfrierungen geholt habe! Es ist, als transportierte der Schmerz eine Botschaft, zu der die Liebe nicht imstande ist: Ich bin eine ganze Persönlichkeit, ein Mann vom Kopf bis zu den Füßen.

Ich schaue auf die Birke, die vor dem Fenster im Wind schwankt. Sie erinnert mich an den Ahorn auf Holms Grundstück. Im Mai blühte er, und spätabends brachte das Hoflicht die Blütenkronen zum Leuchten. Ich lehnte am Fensterbrett, die anderen im Zimmer disputierten und tranken. Etwas in mir reckte sich, von Tränen benetzt, in die Ferne, hinauf, der Baumkrone und dem Frühlingshimmel entgegen. Hunger, Durst, der Wunsch, fortzugehen, weit fort. Ich wußte nicht, daß mich dieses Etwas ins östliche Sibirien verschlagen würde. Und nun habe ich ein Loch im Kopf. Habe ich endlich genug? Nein. Wenn die Birkenblätter in der Sonne schimmern, spüre ich dieselbe Sehnsucht, dabei ist es kaum möglich, in die Welt viel weiter vorzudringen als bis hierher. Womöglich kommt dieser Hunger einer angeborenen Krankheit gleich? Derselbe Wesenszug, der mich meinem Vater fremd werden ließ. Schwacher Wille, rasche Gemütsschwankungen zwischen Freude und Niedergeschlagenheit. Die gegenstandslose Sehnsucht ließ mich sogar mir selbst fremd werden. Ich bin keiner, der zupackend ans Werk geht. Die Kraft von Freunden wie Fern und Creutz zieht mich mit.

Ich beneide sie. Es sind starke Männer. Habe ich morgens einen Katzenjammer, rasiere ich mich mit geschlossenen Augen. Wenn ich die Augen wieder aufmache, hoffe ich, ein anderes Gesicht vor mir zu sehen: ein frisches, fröhliches, mutiges. In Fern und Creutz erkenne ich das, was ich selbst nicht bin. Während unserer Studienzeit wurde ich in das Kielwasser ihrer Gesellschaft gerissen und schaukelte auf den Heckwellen wie eine Jolle. Aber inmitten eines Trinkgelages hielt meine Hand inne, und das Glas blieb auf halbem Weg in der Luft, als ob sich auf seinem Boden widerspiegelte, was ich nicht sehen wollte: mich.

Ein Glas kann man immerhin leeren und füllen, füllen und leeren. Es hat einen Boden.

Lebed war hier, der Bote aus dem Kontor. Er kam und ging. Ihm bin ich nichts schuldig. Auch seine Dienste kosten drei Rubel im Monat, und er ist schnell zur Stelle, wenn der Lohn ausbezahlt wird. Er brachte mir ein Briefchen von Petrow, in dem dieser sich nach meinem Befinden erkundigt.

Auch der Polizeidirektor stand vor der Tür, aber Fedja ist von Gantz angewiesen worden, ihn nicht einzulassen. Gantz hat dem Polizisten den Ziegelstein ausgehändigt. Der hat ihn zunächst sorgfältig untersucht, hat Partikel davon abgeschabt und unter das Mikroskop gelegt. Er fand Blut, Haare von mir und Lehm vom Brachland. Was auch sonst? Sollte ein Stein denn mehr erzählen können, als mein Schädel weiß?

Am Nachmittag wechselte Gantz den Verband. Fedja deckte zum Tee für drei Personen in meinem Zimmer. Aleksandra Petrowa hatte ein Glas Stachelbeermarmelade geschickt. Nach dem Tee räusperte sich Rosenqvist und machte eine Verneigung. Er fühlte sich wohl in seiner Haut und begab sich, wie jeden Nachmittag, zu seinem Diwan. Der Militärkommandeur beim Nickerchen. Für manch einen wäre das ein Grund zum Lachen.

»Erinnerst du dich an gar nichts?« fragte Gantz erneut.

»Nein, ich erinnere mich nicht.«

Die Sterne. Der Geruch der Kräuter.

»Es wird eine Druckstelle zurückbleiben«, sagte Gantz. »Ruhe und nicht zuviel grübeln!« fügte er hinzu.

Er blieb im Korbsessel sitzen und rauchte eine Pfeife. Die Zeitung raschelte. Ich schloß die Augen, als schliefe ich. Dann hörte ich ihn aus dem Zimmer schleichen. Eine Druckstelle auf der Stirn. Welche Art von Spur bleibt im Kopf desjenigen zurück, der den Ziegelstein geschwungen hat? Kann man sie erkennen, wenn einem dieser Mensch entgegenkommt, oder sieht er aus wie zuvor?

»Erzähl mir von dir!« sagte Vera.

Sie blickte mich unverwandt an.

Es war im Juli, wir saßen im weißen Pavillon von Mariensk. Die Fliegen sirrten um die Metgläser herum, steckten ihre Rüssel in die süße Flüssigkeit und rieben sich die Beine. Es war gut gewesen, dort zu sein, bis Vera mich bat zu erzählen. Die Blätter säuselten im Wind: Eichen, Linden. Im Garten wuchsen Johannisbeersträucher, eine Himbeerhecke, weiße Lilien, Pfingstrosen. Wir waren in die Sommerresidenz des Gouverneurs Furuhjelm eingeladen worden. Eine lange, weiße, mit reichen Schnitzereien verzierte Veranda faßt die Villa ein, am Ufer steht ein weißes Badehäuschen, und der Park wird von sauber gerechten Wegen durchschnitten. Der Pavillon steht im Schatten der Eichen und Linden. Die Kinder ritten auf koreanischen Zwergponys. Zu den Mahlzeiten wurde echter Champagner gereicht, abends spielte man Whist. Ein merkwürdiger Gedanke, daß ein Reisender Tausende von Werst in einer ungefederten Kutsche über holprige Wege nach Sibirien fährt, durch endlose Steppen, durch Morast und überschwemmtes Gebiet – und dann wird Champagner getrunken und Whist gespielt.

Vera, die im östlichen Sibirien aufgewachsen ist, wollte etwas von meinem Leben in Helsinki erfahren. Ich aber wollte vergessen und war gereizt. Gerade so, als ob es in jenem früheren Leben eine Aussicht auf Besseres, auf mehr gegeben hätte, fragte sie mich aus. Hätte ich nur eine spannendere Geschichte zu erzählen gehabt, ein Abenteuer, so wie Kapitän Höök, Fern und Creutz. Was an ihrer Geschichte wahr ist, weiß ich nicht, aber farbiger als meine ist sie allemal.

Mein Vater, der Oberst, hatte genug davon gehabt, daß ich die Juristerei vornehmlich aus dem Flaschenhals studierte. Von einflußreichen Verwandten und Freunden besorgte er darum Empfehlungsschreiben, damit der arme Lennart ein Amt im östlichen Sibirien, im Land des Amur, erhielt. Im Frühjahr 1868 wurde in den Kirchen Finnlands das Land des Amur als Paradies ausgerufen. Ein Paradies für Fern und Creutz. Mein Glück sollte in einem staatlichen Posten bestehen; zehn Jahre Dienst, volle Pension und auf Kosten der Krone Rückkehr nach Hause. Ein besseres Los, als es die Verbannten haben, die ihr Zuhause nie wiedersehen. »Einmal bin ich der Sekretär Hjorts genannt worden, erinnerst du dich?« fragte ich Vera. Sie nickte und blickte mürrisch unter ihren schwarzen Brauen hervor. Ich bin der Kontorist ihres Vaters Viktor Petrow, ein Gehilfe des Hafenkapitäns. Ist mein Ersuchen um ein Amt nach St. Petersburg gesandt worden? Ist es überhaupt geschrieben worden? Ich weiß es nicht. Aus den Augenwinkeln sah ich, wie das Licht auf dem Wasser schillerte. Ich sollte hineinspringen, schwimmen, mich treiben lassen!

Plötzlich kam ein kleines Mädchen in weißem Kleid aus dem Gebüsch gestürzt. Es kreischte und lachte. Hinter ihm her trabte ein Pony mit losen Zügeln. Als drittes zwängte sich ein verschwitzter Militärdiener mit verrutschter Mütze durch das Gesträuch. Ich lachte, und das Metglas fiel um. Die Fliegen feierten ein Fest.

Im Haus ist es still. Nur die Einsamkeit würde mir antworten, wie ein Echo. Der Ton der eigenen Gedanken klingt in den Ohren nach.

Unglück ertrage ich wohl ebensowenig wie Glück. Wenn mir das Glück zufällt, weiß ich nicht, wie man es festhält. Ich tappe umher wie der Alte, der als Träger auf dem Bahnhof von St. Petersburg arbeitet. Er hat ein schweres Gepäckstück in jeder Hand, weiß nicht, welches mehr wiegt, möchte die Hand wechseln, schwankt dabei wie ein Trinker und versucht die Balance zu halten. Doch er ist zäh und gibt nicht auf, setzt die Seesäcke nicht auf dem Boden ab.

Zeit, lakenweiße Zeit, schneeweiße Zeit. Ich ziehe die Knie an. Josefs Berg. Diesen Namen gaben sie dem chinesischen Berg Maing. Sie benannten sogar die Flußtäler: im Osten das Åbergtal, in der Mitte das Magistertal und im Westen das Tigertal. Sie erfanden die Namen, dann fingen sie an, das Land zu roden und sich niederzulassen.

Ich bin anders. In mir steckt nicht genügend fester Wille. Menschen mit einem Willen lassen Jahr für Jahr unter Rinde und Bast einen neuen Jahresring um einen harten Kern herum wachsen. Ich weiß nicht, woraus ich gemacht bin. Bestehe ich aus Stoffen, die nicht zusammenpassen? Aus anderem als reinem Holz, Stein oder Metall? Mein Vater, der Oberst, wußte es, denn er fragte mich nicht nach meiner Meinung, sondern diktierte mir die seine. In der Lampe mit dem grünen Schirm auf dem Schreibtisch brannte Licht. Vater maß mit seinen Schritten den afghanischen Teppich ab und zeichnete die Umrisse meiner Zukunft. Dort, wo er stehenblieb, war ein Punkt. Ich fürchtete mich nicht. Eher hätte es mich erschreckt, das Leben nur als bekannten, sich stetig wiederholenden Umlauf zu sehen.

Der Gedanke an die Reise versetzte mich in Erregung. Ich konnte nicht schlafen. Ich stand vom Bett auf und starrte aus dem Fenster, als könnte ich anstatt der Sonne meine Zukunft aufgehen sehen.

»Ihr habt Besuch.«

Fedja steht in der Tür. Er lächelt ein schmales Lächeln, das die Zahnstümpfe nicht entblößt. Gantz hat Besuche untersagt, und den Polizeidirektor hat Fedja auch nicht durch die Tür gelassen. Der Gast ist in die Diele gekommen und schiebt sich an Fedja vorbei ins Zimmer. Aleksandras Rock raschelt. Es duftet nach Parfum, und sie atmet, als wäre sie gerannt. Fedja zieht sich zurück. Was auf dem Markt, in der Küche und an den Haustüren wohl geredet wird? Es ist mir gleich, obwohl Krümel des allgemeinen Geredes auch auf den Abendbrottischen der besseren Kreise landen. Aleksandra amüsieren die Gerüchte. Sie segelt in bestem Rückenwind weiter voran. Wenn es alle wissen, ist es ebensogut, wie wenn keiner es weiß. Alle wissen, wie es um sie und Viktor Petrow steht. Die Gesellschaft ist so klein, daß es sich selbst der Tugendhafteste nicht leisten kann, in der Unterhaltung wählerisch zu sein. »Wir leben auf dem Breitengrad von Paris«, sagt Aleksandra. Jakowlew behauptet, daß nirgendwo im russischen Reich so viel Champagner getrunken wird wie in Nachodka, Nikolajewsk und Wladiwostok.

Aleksandra füllt den ganzen Korbsessel mit ihrem Kleid aus, das sich in grauen, blauen und weißen Falten über die Armlehnen bauscht. Sie würde ihn auch nackt ausfüllen, denke ich. Aleksandra ist eine prachtvolle Frau. Breite Schultern, kurzer Hals und ein eckiges Gesicht, dessen Züge unter einer Fettschicht weich wirken. Sie hat kleine schwarze Augen wie Vera, gerade, dunkle Augenbrauen und dunkles Haar, das, in der Mitte gescheitelt, im Nacken zu einem Knoten zusammengebunden ist. Mutter und Tochter, derselbe Mensch, Innen- und Außenseite eines Handschuhs. Alles an Aleksandra richtet sich nach außen, ist glatt, streckt sich und greift zu. Vera ist die rauhe Innenseite.

»Wie geht es dir, Lennart?« fragt Aleksandra.

Ich habe gar keine Gelegenheit zu antworten.

»Wäre ich doch nur gekommen, um dich zu begleiten, oder hätte ich dir wenigstens einen Diener mit einer Lampe geschickt! Ich war dumm. Ich konnte nicht schlafen. Alles nur meinetwegen, wegen meiner Dummheit! Ich hadere mit mir selbst. Du warst in der Dunkelheit draußen, und der Mörder schlug zu. Es hat in dieser Stadt auch früher schon Morde gegeben, wenn sich entflohene Häftlinge gegenseitig umgebracht haben. Die erfahrenen Gefangenen verleiten diejenigen zur Flucht, die noch Geld haben. Dann nehmen sie ihnen erst das Leben, dann das Geld.« Aleksandra redet, als wüßte ich nichts von diesen Dingen.

Den Ehemann, der am hellichten Tag den Liebhaber seiner untreuen Frau erschossen hat, erwähnt sie nicht. Die Leiche des Opfers wurde durch die ganze Stadt getragen, Bettler und Kinder trabten der Prozession hinterher wie Hunde.

»Werde bald gesund!« sagt Aleksandra und tätschelt meine Hand.

Wir sprechen russisch miteinander. Mit Gantz spreche ich deutsch, mit Fern und Creutz schwedisch. Um Russisch zu lernen, habe ich meine Abende bei den Petrows verbracht, seit ich nach Sibirien gekommen bin und in Petrows Kontor Arbeit gefunden habe. Viktor Petrow hat versprochen zu bezeugen, daß ich über die von einem Beamten geforderten Sprachkenntnisse verfüge. Er bringt alles zu Papier, sendet die Unterlagen nach St. Petersburg, und alles wird sich regeln. Beamtengehalt und Pension. Aleksandra gräbt in ihrer Tasche, die aus demselben gestreiften Stoff genäht ist wie ihr Kleid. Eine Flasche Champagner, ein Glas Kaviar, Kirschmarmelade, Konfekt, alles aus Lüdoffs Laden in Nikolajewsk. Als wäre ich im Begriff, Hungers zu sterben und nicht an Langeweile.

»Iß und trink! Dann wirst du gesund und kannst dabeisein, wenn der Schoner zu Wasser gelassen wird. Wir werden ein großes Fest veranstalten«, sagt Aleksandra.

Mir wird schwindlig, obwohl ich auf Kissen ruhe. Aleksandras Worte, das Gerede, die unnützen Geschenke. Wäre ich bei Kräften, forderte ich sie zu gehen auf.

Das war nicht immer so. Jetzt wünschte ich, Aleksandra würde verschwinden, damit ich nachdenken und mich erinnern kann. Ihre Anwesenheit, sogar ihre Lautlosigkeit sind mir eine Last. Sie hat wohl selbst bemerkt, wie leer ihre Worte sind, denn sie schweigt und starrt mich an. Sie streckt die Hand aus und läßt sie über meine Wange gleiten. Ich reagiere nicht auf ihre Geste. Ich liege da, als wäre ich vom Kragen abwärts gelähmt. Aleksandra steht auf, als sie glaubt, ich sei eingeschlafen.

Goldene Birkenblätter in goldenem Licht. Ich bin ich selbst, wenn ich keine Langeweile empfinde, nichts.

Ich schlafe und habe einen seltsamen Traum: Ich besitze ein großes Haus inmitten eines Gartens in einer fremden Stadt. Im Erdgeschoß befindet sich ein Schlafzimmer mit hohen, weißgetünchten Wänden, einem Kleiderschrank und einem breiten Bett aus dunklem Holz. Es erinnert an mein Zimmer in Nachodka. Aber im Haus des Traumes schlafe ich nicht im Erdgeschoß, sondern in der oberen Etage, wo es ein gemütlicheres Zimmer gibt, mit Vorhängen und mit Teppichen an den Wänden und auf dem Fußboden. Zu ebener Erde liegt auch der Speisesaal. Vor einem Kamin stehen Sessel und ein Tisch. Der ganze Saal ist voller merkwürdiger Gegenstände – aus Mammutfüßen gefertigte Hocker –, aber ich habe keine Zeit, sie in Augenschein zu nehmen, denn ungeladenes Volk erreicht nun das Haus. Allen voran kommen mein Vater, der Oberst, und meine Mutter. Die anderen Gäste sind Bekannte von ihnen. Meine Eltern zeigen ihnen mein Haus, als handele es sich um ihr eigenes. Vater setzt ein auf dem Schrank des Speisesaals stehendes Gerät in Betrieb, das eine Uhr und eine Spieldose in einem ist. Es bewegt sich, dreht sich, kleine Flammen werden entzündet, und ich höre Musik. Ich bin verärgert und verwundert, da ich selbst nicht auf die Idee gekommen bin, es auszuprobieren. Mutter fängt an, sich um die Bewirtung zu kümmern: »Laßt uns Pelmeni machen!« Ich werde zornig. Ich bin der Herr dieses Hauses! Es gehört mir. Unwirsch sage ich zu ihr, daß Kaffee und Konfekt genügen. Im Regal stapeln sich Lüdorffs Konfektdosen. Mutter beruhigt sich nicht. Sie arrangiert Knoblauchzehen in einer silbernen Schale, als wären es Nüsse. In einem fort strömen noch mehr Leute herein. Sie sind auf dem Fest am Ufer gewesen.

Ich wache auf, als Fedja ins Zimmer geklappert kommt.

Es ist Zeit für den Tee, diesmal trinke ich ihn allein. Rosenqvist ist in der Kaserne, Gantz ist zu einem Notfall gerufen worden. Ein Soldat hat sich in den Fuß geschossen, ob mit Absicht oder aus Versehen, das weiß Fedja nicht.

Ich berühre meinen Kopf. Der Verband fühlt sich rauh an. Nachdem Fedja das Teegeschirr in die Küche getragen hat, ziehe ich das Heft und die Feder hervor, die ich unter dem Zeitungsstapel auf dem Nachttisch versteckt halte. Als hätte ich mich um eine wichtige Buchhaltung zu sorgen. Petrows Kontobücher! Ihm mangelt es an Fähigkeiten, obwohl er Hafenkapitän und Leiter des Magazins ist. Er kennt nur, was er mit seinen Augen sieht: die Fisch- und Tranfässer, die übelriechenden Häute, die Silberrubel in den Jutesäcken. Binnen zwei Jahren wurden Petrow und ich mit Pechfaden aneinandergebunden. Er zupft mich: verspricht mir mehr Lohn, ein Amt, Papiere, bietet mir Schnaps an, schaut mir beim Tanzen zu. Und ich tanze, muß tanzen. Ich bin Gast in seinem Haus. Ich liebe seine Frau, liebe seine Tochter. Ich sitze an seinem Tisch, esse und trinke. Selbst im Winter ist es drinnen heiß, weil in allen Öfen Feuer brennt. Die Luft ist schwer vom Qualm der Pfeifen und Zigarren.

Ich schlage das Heft auf, dessen Papier bereits gelb aussieht.

Ich schreibe: »Der Schlüssel fehlt.«

Als ich Schritte in der Diele höre, schlage ich das Heft zu und verstecke es unter den Zeitungen. Es ist Gantz. Dennoch möchte ich mein Wissen für mich behalten, darüber nachdenken. Was hat das alles zu bedeuten: Gantz untersucht die Wunde, verbindet mich und tätschelt mir den Scheitel. Er ist in ausgelassener Stimmung, lehnt den Tee mit einer Handbewegung ab und zieht einen Flachmann aus der Tasche. Er gießt uns beiden Cognac ein.

»Nur als Arznei«, sagt er.

»Ging der ganze Mann drauf oder nur der Fuß?« frage ich.

»Nur der Fuß. Der Mann lebt, dieser Grünschnabel.«

Er ist guter Laune und trinkt noch einen Cognac, gießt mir aber nicht nach.

»Amputation. Eine saubere Sache. Andere Fälle sind viel komplizierter. Manchmal bemerke ich ein Geschwür, wenn es noch eine Erbse ist, und manchmal ist es bereits zur Größe einer Faust angewachsen. Wo sind seine Wurzeln? Im Blut? In den Atomen?«

Ich antworte nicht. Was weiß ich schon von Medizin.

»In der pathologischen Fakultät in Heidelberg öffneten wir einmal eine Leiche, bei der zwischen allen Organen Geschwüre wucherten. Der Mann hatte sich erst zwei Wochen vor seinem Tod krank gemeldet. Die ganze Zeit hatte er Knoten in sich getragen. Er war wie ein Acker, auf dem Hundsweizen und anderes Unkraut wächst. Wie sind die Samen in den Menschen gelangt? Woher? Aus dem Wasser? Aus der Luft? Aus der Erde?«

Gantz leert seinen Flachmann.

»Falls das Tun eines Menschen Wurzeln hat, wo sind sie?«

Gantz spricht von etwas, über das ich erst nachzudenken beginne. Mein Kopf ist voller verschiedenfarbiger Splitter, die in Bewegung sind. Der Cognac macht müde.

Die herbstliche Straße von Nachodka saugt die Stiefel in den Morast. Schwer wie feuchte Wolle liegt der Nebel auf der Landschaft. Ich starre auf die Stiefelspitzen, ich sehe nichts als meine eigenen Schritte. Die Stadt, das Kontor, alle Menschen verschwunden. Nicht mal das Bellen eines Hundes ist zu hören. Wenn sich der Nebel auflöst, sind wir vielleicht alle fort.

Der Schlüssel fehlt.«

Meine Schrift ähnelt dem Gekritzel eines Kindes. Ich ziehe die Knie unter der Decke an. Josefs Berg. Ich lege das Heft auf den Nachttisch. Mein Reisetagebuch habe ich im Hafenbecken von De-Kastrie ins Meer geworfen. Ich wollte mich nicht mehr erinnern. Während einer Schiffsreise ist das Schreiben ein Mittel, nicht den Verstand zu verlieren. »Fliehen nach De-Kastri«, so sagt man. Mit Müh und Not schleppte ich mich an Land. Gesicht, Hände und Beine waren geschwollen, die Zähne wackelten.

Es heißt, der Hafen von De-Kastri sei die einzige für die Schiffahrt taugliche Stelle vor den Gestaden Sachalins. Die Bucht gleicht einem See, aber sieben Monate im Jahr ist sie zugefroren, und der Grund ist so flach, daß die *Mozart* zwei Meilen vom Ufer entfernt auf Reede gehen mußte. In der Fahrrinne gibt es Sandbänke. Kapitän Brolin nahm mich mit auf sein Schiff und brachte mich nach Nachodka, da meine Seereise bereits acht Monate gedauert hatte.

Das Tagebuch hatte mir geholfen, am Leben zu bleiben. Die Briefe nach Hause waren voller Reue und Bitten um Verzeihung, aber sie enthielten auch eine schwache Zuversicht, damit sich die Angehörigen keine Sorgen machten.

Als Vera mich bat zu erzählen, wollte sie alles von mir wissen. Unter jeder Geschichte verläuft eine andere Geschichte, die nicht erzählt wird. Wäre ich ein anderer Mensch, enthielte meine Erzählung ein Abenteuer wie das der Reise von Kapitän Hööks Expedition. Ich habe nicht genug Brennmaterial in mir. Jetzt habe ich nur Zeit, die Stille des hohen, weißen Zimmers, das flimmernde Licht der Birke und die Schneegipfel meiner Knie.

Ich verließ Kronstadt Ende Oktober des Jahres 1868 als Zweiundzwanzigjähriger.

Die *Mozart* war eine Bark von dreihundert Tonnen. Bereits auf der Fahrt nach Tvedestrand in Norwegen erbrach ich gelben Schleim und zog mir Erfrierungen an den Zehen und an den Fingern zu. Drei Monate hielten wir uns in Tvedestrand auf, weil unser Schiff in der Werft instand gesetzt wurde. Zum Zeitvertreib zeichnete und schrieb ich eine exakte Darstellung des Schiffes. Auch dieses Werk landete im Meer. In der Bibliothek des Hafenkapitäns las ich deutsche Bücher, die sich mit Geologie und Topologie befaßten. Ihre Wahrheit war eine andere als die des Gesetzes und der Auslegung seiner Buchstaben, seines Geistes. Zeichnet ein Topologe eine Karte, muß sie *wahr* sein, sonst verirren sich die Seeleute, dachte ich kindisch, als ob es möglich wäre, eine Linie zwischen *wahr* und wahr zu ziehen.

»Das Studieren schmeckt anders als zuvor. Wäre ich jetzt zu Hause, verliefe alles anders, als es der Fall war«, schrieb ich an meinen Vateroberst, diesmal nicht aus Reue, sondern vor Begeisterung.

Fortwährend sagte ich Wörter vor mich hin wie *Bleiglanz, Zinkblende, Hämatit, Malachit, Olivin, Diopsid, Hornblende, Muskovit, Plagioklas.* Ich las über die Steinkohle, die sich in Kiesbrüchen in Form von schwarzen, arschin- oder klafterbreiten Flecken und Streifen abzeichnet. Im Amurgebiet haben sich die Steinkohleadern zwischen die Lehm- und Sandsteinablagerungen geschoben, wo sie von porphyrischen, basalt- und dioritartigen Gesteinen gehoben und gefaltet worden sind. Im Helsinkier Stadtteil Punavuori flüsterten die Frauen das Wort *Diamant* auf eine Weise, als wäre ein zum Oktaeder kristallisiertes Stück Kohle wertvoller als die Steinkohle, die in Bergwerken gebrochen wird. Ein Diamant ist Luxus, aber in der Steinkohle liegt die Zukunft.

Hätte ich mein Reisejournal nicht ins Meer geworfen, was würde ich jetzt wohl denken über jene Ahnungen, Ängste und Hoffnungen, über die ich schrieb? Was würden das Wissen und Erinnern helfen? Die Leere zwingt voranzuschreiten. Selbst wenn der Geist durchfroren ist, trägt ihn der Körper in neue Gegenden. In einem kleinen Laden in Tvedestrand stand ein verschleiertes Mütterchen, das verschiedene Samen in kleinen, braunen Papiertüten kaufte, obwohl es Winter war. Karotten, Rettich, Kohl. Außerdem kaufte es eine Flasche klaren Schnaps. Als ich über das Glatteis in der Stadt lief, verstauchte ich mir den Fuß. Die Tochter des Hafenkapitäns machte mir einen warmen Umschlag. Am nächsten Tag, als ich mich humpelnd auf einen Spaziergang begab, lag über allem eine dünne Schneeschicht. Der Schnee und der Rauch aus den Häusern dufteten. An der Tür des Pfarrhauses stand der Pastor in seinem schwarzen Mantel, und vor ihm auf der Treppe stand Hand in Hand ein Paar, ein junges Mädchen und ein junger Mann. Ich dachte, bestimmt sind die beiden gekommen, sich nach der Trauung zu erkundigen. Das machte mich traurig und einsam. Vor dem Laden saßen betrunkene alte Männer. Die Hunde bellten heftig, während ich die Hauptstraße entlangging. All das schien weit weg. Ich hatte keine Freunde, und selbst die Mundart verstand ich schlecht.

Petrow hängte mir den Schlüssel für die Geldtruhe um den Hals. Wo ist der Schlüssel?

Ich habe eine kindische, zögerliche, begeisterungsfähige, vertrauensselige, hoffnungsvolle. wichtigtuerische, aufmerksamkeitssüchtige, liebeshungrige, argwöhnische Seele! Wie ein altes Weib habe ich mein Leben lang auf ein Wunder gewartet und die Zeichen der Welt gedeutet! In der Einsamkeit rufe ich von einem Ende des Zimmers zum anderen nach mir selbst. Ich spreche über mich wie über einen Fremden. Jede einzelne Zelle ängstigt sich und hofft und wartet, was das Leben bringt.

Ich schlief ein. Als ich aufwachte, weinte ich. Ich hatte von Vera geträumt. Wenn ein unsicherer Mensch einem anderen unsicheren Menschen begegnet, verständigen sich ihrer beider Seelen wie die Fledermäuse, um Klarheit übereinander zu erlangen. Vera ist ruhelos. Auch ich möchte ausruhen. In der Liebe gibt es keine Ruhe, denn im Festhalten erwacht die Angst vor der Trennung. Sehnsucht ist einfacher. Sie ist wie ein Raum, den der Abwesende betreten kann. Vera und ich verstehen aneinander das, was wir von uns selbst verstehen, und daraus erwächst ein Gefühl der Vertrautheit. Alle Eigenheiten, die nicht in dieses Einverständnis hineinpassen, bleiben außen vor. Die Überraschungen schlagen von hinten zu. Mein Schädel weiß das nun genau.

Von der Uhr ist der Minutenzeiger herabgefallen! Ich muß Gantz bitten, das zu reparieren. Er ist ein großer Mann und hat die exakten Hände des Chirurgen.

Das Heft und der Federhalter liegen auf dem Tisch. Mein Denken schreibt auf die bloßen Wände.

»Ruhe«, wiederholt Gantz seine alte Leier, als hätte er ein Kind vor sich.

Sofort bemerkt er meine Aufregung. Der Puls wird schneller, und das Thermometer zeigt Fieber an, obwohl die Wunde gut verheilt.

Ich habe Splitter in mir, die langsam zusammenfinden und verknöchern. Danach werde ich wieder vollständig sein. Der aufflammende Schmerz befriedigt auf seltsame Weise, als wäre ich in diesen Momenten schon ein und derselbe Mensch.

Als ich im Oktober 1869 in Nachodka ankam, war ich ein Jahr älter als bei der Abfahrt in Helsinki, St. Petersburg und Kronstadt. Kapitän Brolin sei Dank, daß ich an Land gelangte.

Die Häuser in Nachodka sahen aus wie eine Reihe von Sperrholzgebilden, die der Sonne, dem Wind, dem Regen und dem Frost ausgesetzt sind. Dennoch war die Stadt in meinen von einer Infektion getrübten Augen schön! Grau lag der niedrige Himmel da, wie der Bauch einer Kuh. Im Hafen nahm mich ein schwachsinniger Giljake auf seinem Karren mit. Mein Reisegepäck wog nicht viel, aber sämtliche Kräfte meines Körpers waren aufgezehrt. Am leichtesten und am schwersten zugleich waren in meinem Koffer die Empfehlungsschreiben von meinem Oberstvater, vom Präsidenten des Hofgerichts Hans Wahlström aus Turku und von Kommerzienrat Wilhelm Dahl aus Viipuri. Man hatte mir aufgetragen, sofort bei Kommandant Hjort vorstellig zu werden, von dem ich nichts Gutes gehört hatte. In Helsinki sprach man von ihm als einem skrupellosen, ichbezogenen, kleinlichen und unwirschen Menschen. Ein selbstherrlicher Eigenbrötler, aus ganz anderem Holz als Gouverneur Furuhjelm in Nikolajewsk.

Das Administrationsgebäude war ein von der Witterung zerfressenes Holzhaus am Rande des ungepflasterten Marktplatzes. Schlamm und Pferdemist blieben an meinen Stiefeln haften. Mein Gesicht war aufgedunsen und mein Zahnfleisch blutig, aber ich brauchte dem Soldaten, der das Amt des Wachmannes ausübte, ja nicht zuzulächeln. Vor dem Kommandanten verneigte ich mich und sprach mit gesenktem Kopf. Das konnte man für eine Demutsbezeigung halten. Hjort nahm hinter seinem breiten Schreibtisch Platz. Vor dem Fenster sitzend, zeigte er sich mir nur als Schattenriß: die großen Altmännerohren, der lange Hals und die schmalen Schultern. Seine Stimme aber klang voll, wie die eines Menschen, der das Kommandieren gewohnt ist.

Er betrachtete meine Papiere. Dabei neigte sich sein Kopf so weit nach vorne, wie es der Kragen der Uniform zuließ.

»Herr Falk ist Studiosus, Student? Was studiert Ihr?«

»Jura und Geologie, Herr Kommandant«, sagte ich.

Ich dachte an die zwei Bücher im Regal in Tvedestrand und erinnerte mich daran, wie sich das blonde Mädchen vor mir gebückt hatte, um den Verband an meinem Fußgelenk anzubringen. Ich log, als hätte ich bereits gewußt, daß Wahrheit und auch Gesetz in Helsinki und St. Petersburg anderes bedeuteten als an der Küste des Ochotskischen Meeres. Hier lösen sich die Wörter in der Übermächtigkeit des Himmels auf. In den Amtsstuben der großen Städte fliegen sie von einer Wand zur anderen, es gibt Ohren, die hören, und jeder Satz wird geprüft.

Hjort erhob sich, ging um den Tisch herum und maß mit den Stiefeln den Teppich ab, genau wie es mein Vater getan hatte. Wieder zeichneten die Schritte eines anderen die Umrisse meines Schicksals. Ich stand auf. Der Kommandant neigte sich so nah zu mir hin, daß ich die grauen Haare sehen konnte, die aus seinen Nasenlöchern ragten.

»Wenn Ihr Steinkohle findet, wie sie in Dudinsk gefunden wurde, wird Euch das gut bezahlt werden«, sagte er.

Die Kommandostimme war jetzt nur noch ein Flüstern. In meinem Kopf kreisten wieder *Zinkblende, Malachit, Olivin …* Laut sagte ich, keine Erfahrung mit Bergwerksarbeit zu haben. Wenigstens das entsprach der Wahrheit. Hjort entgegnete, er gebe mir russische Soldaten und chinesische Arbeiter an die Hand. Mir drehte sich alles. Hjort setzte sich, und ich setzte mich auch. Ich hatte keine Wohnung, kein Geld, nichts zu essen. Ich schmeckte das Blut in meinem Mund. Obgleich ich Hunger hatte, wußte ich nicht, ob ich bereits imstande war, mehr als Milchsuppe und Brei zu mir zu nehmen. Ich starrte auf den Teppich, der dort, wo der Stuhl stand, abgenutzt war, und ich dachte, daß an dieser Stelle schon andere Schicksale hin und her geschoben worden waren.

»Ihr kommt in das Kontor des Hafenkapitäns und Magazinvorstehers Petrow. Euer Lohn beträgt fünfzig Rubel im Monat. Wohnen werdet Ihr im Haus von Doktor Gantz. Ihm und Rosenqvist ist der dritte Mann gestorben. Ein großes Haus, viele Zimmer und sogar Bedienstete«, sagte Hjort.

Er wirkte plötzlich zerstreut. Vielleicht dachte er an die Steinkohle, über die wir ein andermal weiterreden würden, flüsternd, aus einem Grund, den ich nicht kannte. Als er aufstand und mir den Rücken zuwandte, um aus dem Fenster in den Nebel hinauszublicken, wußte ich, daß die Audienz beendet war.

Mit Hilfe des Giljaken fand ich das Haus von Gantz. Es war eine Schachtel von derselben Art wie die anderen Häuser der Stadt, eingeschossig und verwittert. Ich war in den letzten Winkel des russischen Zarenreiches geraten. Mich verlangte nach Essen, nach einem Bett, nach Schlaf. *Ultima Thule.* Das ist ein Traum; man darf der Wirklichkeit entschlafen, die so schwer wiegt wie ein Stein.

Viktor Petrow, der Hofrat, ist ein ziemlich kleiner Mann mit dichtgelocktem schwarzem Haar.

Als wir uns zum ersten Mal im Hafenkontor begegneten, fühlte sich sein Händedruck kraftlos an, obwohl er Hände wie Kohlenschaufeln hat. Er sprach in barschem Ton mit mir, stellte eine Frage und gab selbst die Antwort. Wie viele Schiffe laufen an einem guten Tag im Hafen von Nachodka ein? Acht. Wieviel Geld und Ware befindet sich im Magazin? An reinem Geld 10 000 Silberrubel in Ledersäcken und unter dem Dach Waren im Wert von 50 000 Rubeln. Petrow plusterte sich auf, als hätte er alles mit eigenen Händen hineingetragen.

Er befahl einem blassen Jüngling, Tee zu bringen.

Petrows mürrisches Wesen schmolz dahin wie der Honig im Tee. Er zeigte mir seinen Tisch in der Kanzlei und begann davon zu sprechen, daß allen Beamten nach fünf Jahren Dienst das Geld für die Heimreise ausbezahlt werde. Nach zehn Jahren bestehe das Anrecht auf volle Pension. Zehn Jahre! Petrow legte seinen kantigen Kopf schief und sah mich an. Nichts weiter als die Papiere nach St. Petersburg schicken, ein Zeugnis über die Sprachkenntnisse beilegen, und schon hat man seine Anstellung als Amtsperson. »Das Leben eines freien Mannes in Sibirien ist leicht und gut.« Als er das sagte, lächelte Petrow bereits. Er besaß gleichmäßige Zahnreihen, die Eckzähne standen nicht über. »Aber Ihr müßt besser Russisch können. Kommt zu uns nach Hause, verbringt Eure Abende in unserer Gesellschaft, und Ihr werdet es lernen!« Nun plauderte er, als wäre er plötzlich ein anderer Mensch geworden. Gleichwohl ahnte ich, daß er wie die Erde Sibiriens war: In anderthalb Meter Tiefe nistet der Permafrost. Ich verneigte mich, bedankte mich für die Einladung; ich muß erst zu Kräften kommen, das Blut in den Zehen zum Zirkulieren und die Zähne in Ordnung bringen, bevor ich zum Gesellschaftsmenschen tauge, dachte ich.

Ich bin weit gereist. Wenn Verzweiflung und Schuldgefühl in mein Gemüt drängen, frage ich mich, warum meine Zuversicht so schwach ist, wo ich doch in Augenblicken der Begeisterung so hoffnungsvoll bin. Vater Spiros sagt, daß man Gnade nicht verdienen könne. Sie sei ein Geschenk. Der Ficus hat ein Blatt verloren. In wessen Gedanken bin ich? Gehe ich irgend jemandem durch den Sinn, während ich hier allein in meinem Bett liege? Außerhalb der Gedanken anderer Menschen existiert man nur für sich selbst. Was ist das für ein Leben? Eine Schrift, die niemand liest. Selbstmitleid ist ebenso widerlich wie das heimliche Betasten des eigenen Körpers unter der Bettdecke.

Die Straßen von Nachodka sind nicht wie die Straßen von Helsinki oder St. Petersburg. Abhängig von der Jahreszeit sind sie aus Sand und Lehm, aus fliegendem Staub, Morast oder Eis. Dennoch bewegen sich die Frauen beim Abendspaziergang wie die Frauen in Helsinki und St. Petersburg. Ihre Kleider vermag ich nicht zu beurteilen, aber den leichten Schritt, die Blicke, den raschen Gruß, das vorüberhuschende Lächeln. Die geographische Distanz wirkt sich aus wie bei einer Multiplikationsrechnung. Wladiwostok liegt auf demselben Breitengrad wie Nizza, wir leben auf der Höhe von Paris. Mode und Sitte und Neuheiten nehmen immer größere Bedeutung ein, je weiter man sich von ihrem Ausgangspunkt wegbewegt. Die Frauen von Nachodka studieren die französischen Modezeitschriften und lassen sich von ihren Näherinnen Kleider anfertigen.

Aleksandra traf ich zum ersten Mal vor dem Kolonialwarenladen. Es war Sonntag, ein kalter, bleicher Tag, an dem der Himmel hoch aussah, das Sonnenlicht jedoch schräg einfiel, wie durch Staub hindurch. Das Schaufenster des Geschäfts war blind vor Schmutz, aber Aleksandra betrachtete gar nicht die Waren in der Auslage, sondern ihr eigenes Spiegelbild. Sie hatte sich bei Petrow untergehakt, sprach voller Erregung und genierte sich, als ich zu ihnen trat und den Hut hob. Petrow stellte mir seine Frau vor. Aleksandra war größer als ihr Mann. Ich grüßte und redete umständlich, aber ich wurde auf der Stelle zur Abendgesellschaft bei den Petrows eingeladen: Whist und Champagner, dieselben Vergnügungen, wie sie auch in der Residenz von Gouverneur Furuhjelm gepflegt wurden.

»Bald wirst du aufstehen, Lennart, und du wirst gesünder sein als je zuvor«, sagt Gantz, nachdem wir den Tee getrunken und Fedjas Buttergebäck mit der Konfitüre, die Aleksandra gebracht hat, gegessen haben.

Rosenqvist ist zu einer Inspektionsreise aufgebrochen. Ich stelle mir vor, wie er in seiner Kalesche ein Nickerchen macht: Auf den Reisekisten und anderen stabilen Gepäckstücken sind Matratzen und Plaids ausgebreitet. Er schaukelt, schläft ein, und der Schlaf trägt ihn an einen anderen Ort, so wie er es mit mir tut, auch wenn ich mich noch immer kein Stück von meinem Bett fortbewegt habe.

»Du wirst mir das gewiß nicht übelnehmen ... wir spielen Preference bei Petrow. Ich versuche bei der Gelegenheit, mich etwas umzuhören«, sagt Gantz und zündet seine Pfeife an. Ich habe die Augen geschlossen.

»Wonach erkundigst du dich«, frage ich, obwohl ich es weiß.

»Nach jenem Abend noch einmal. Beiläufig. Das ist besser, als ins Haus des Polizeipräsidenten zu gehen. Er trampelt mit seinen Stiefeln auf, daß das Kristall klimpert«, erwidert Gantz.

» Ja, ja«, stimme ich zu. Daß ich mir selber Gedanken mache, sage ich nicht.

An einem Abend vor zwei Jahren ging ich mit Gantz und Rosenqvist zu Petrows Villa. Ich hatte das Gebäude schon gesehen, es war großartiger als die anderen Häuser in Nachodka, getüncht und mit Schnitzereien verziert. Selbst Hjorts Villa nahm sich dagegen bescheiden aus, aber er war ja auch Junggeselle, mürrisch und geizig, lebte mit einem Diener und machte sich aus dem gesellschaftlichen Leben nicht mehr, als es von seinem Amt her unumgänglich war. Petrows Villa war von einem Garten umgeben. Der Gärtner hatte Pflanzen gesetzt, die sich sonst nur im milderen Klima des Binnenlandes wohl fühlten. Um die Pergola schlangen sich Weinranken sowie eine großblütige Kletterpflanze, deren Trompeten einen starken Duft in die Luft bliesen. Es war im warmen Spätsommer, der Dunst hatte sich längst aufgelöst.

Der Besuch versetzte mich in Aufruhr, aber in die Anspannung mischte sich die Freude darüber, daß ich weit weg von daheim war. Da gab es einen Raum für die Zukunft, und allmählich würde er sich füllen.

Die bunten Scheiben der Glasveranda waren von Lampen erleuchtet.

Ich betrat ein Haus mit schweren Samtvorhängen, dicken Teppichen, Mahagonimöbeln, chinesischen Kaminschirmen und blaugemusterten Vasen, in denen Sträuße getrockneter Blumen arrangiert waren. In den Räumen lag der Duft von Rosen und Tee. Welch ein Unterschied zu einem Haushalt, in dem wie bei uns nur Männer leben, auch wenn ein Einäugiger kehrt, abstaubt und sich um sie kümmert! Gewiß könnten wir es wagen, auch in unser Haus Gäste einzuladen, aber wir tun es nicht. Im Entree nahm eine winzige Dienerin Hüte und Mäntel entgegen. Sie war wie ein Pfefferkorn, eine Giljakin oder Jurakin, ich habe nicht gelernt, sie zu unterscheiden.

Aleksandra Petrowa hieß uns willkommen. Ihre warme Hand war ganz Frau, Fleisch und pulsierendes Blut. Durch die glatte Haut hindurch war es zu erahnen. Ich fand, sie erinnere an eine Taube, eine zahme Taube im Park, die mit kleinen Schritten trippelt, etwas aus einer Pfütze pickt oder darin ihr Spiegelbild betrachtet, ihr Gefieder aufplustert und mit tiefem Gurren den Hals reckt. Aleksandra stellte uns ihre Kinder vor. Die Älteste, Vera, war ein schmales, dunkles Mädchen. Die Söhne, der Größe nach Pjotr, Andrej, Hans und Ulrich, sahen alle gleich aus, wie aus einer Form gegossene Zinnsoldaten, bemalt mit kräftigen, hellen Farben. Außer Vera verschwanden die Kinder, nachdem sie den Gästen vorgeführt worden waren, wie Schatten.

»Ganz zwanglos, ein Büffet«, sagte Aleksandra und wies

auf einen Tisch, der von einem Tuch mit gefransten Säumen verhüllt war. Die Speisen darauf befanden sich in Silbergefäßen: Fisch in verschiedenen Soßen, Kaviar, Gurken, winzige Lammfleischbällchen, dünne Röllchen aus getrocknetem Elchfleisch. Mich überkam ein entsetzlicher Hunger, als hätte ich seit der Seereise nichts mehr zu mir genommen. Hier gab es zu trinken, zu essen und ein Sofa, in dem man versank. Es war, als wäre ich gerade erst das Fallreep heruntergetaumelt und hätte nun eine Vision! Aleksandra bemerkte meinen Gesichtsausdruck und lächelte.

In einem anderen Saal wurden die Spieltische aufgestellt. Jemand saß am Klavier und musizierte. Ich muß Russisch sprechen, ich muß es lernen! Ich werde Beamter sein, die Zukunft nimmt Gestalt an! All das kam mir in den Sinn. Champagner! Sieh mich jetzt an, mein Oberstvater, und auch du, Mutter, die du heimlich Tränen vergießt! Ich kehre die Schande in einen Sieg um. Mit einem Zug trinke ich das Glas aus, das mir gereicht wird.

Worüber mochten wir uns unterhalten haben? Worüber spricht man hier, da doch nichts geschieht? Was im Hafen oder auf dem Markt oder auf den Straßen vor sich geht, eignet sich nicht dazu, an einem Abend in vornehmer Gesellschaft zerkaut zu werden. Wir sprachen wohl von den Ereignissen in Helsinki, Viipuri und St. Petersburg, obwohl es lange dauert, bis die Nachrichten zur Küste des Ochotskischen Meeres vordringen. Petrow trug unter seinen Gästen dieselbe Miene zur Schau wie beim Kontrollieren des Hafenmagazins. Ich hatte bereits gehört, was über ihn geredet wurde. »Das Verhältnis zwischen ihm und seiner Frau ist schlecht. Beide sind untreu und, wie man hört, aus gutem Grund. Häufig gibt es Streit. Er ist herrisch und behandelt alle Menschen wie sein Gesinde.« So wurde geredet. Das war mir gleich. Ich aß und trank und geriet in einen Rausch. Die deutsche Hauslehrerin der Kinder, ein rundliches Fräulein, spielte süßliche Tanzmelodien auf dem Klavier. Doch mit einemmal erfaßte mich Beklemmung. Es nahm mir den Atem. Alles, was mir aus dem früheren Leben bekannt war, empfand ich, nach Sibirien verpflanzt, plötzlich als erstickend. Ich nickte Gantz zu und bat die Gastgeber, mich aufgrund meines schlechten Befindens entschuldigen zu dürfen. Ich ging nach Hause.

Die Nacht war sternenklar. Ich hörte einen Tiger durch das Gras schleichen – ich hörte es oder bildete mir ein, es zu hören. Nachodka war ganz und gar nicht Helsinki.

Ich schrieb in mein Heft: »Vater Spiros. Der Chinese.«

Das Heft bewahre ich zwischen den Zeitungen auf. Ich schäme mich dafür, wegen Gantz. Warum verberge ich meine Gedanken vor ihm? Ich weiß es nicht. Gantz: groß, stämmig, beinahe kahl; geradeso, als ließe die Kahlheit Gefühle und Gedanken sichtbar werden, da keine Haare sie zurückhalten. Er ging als Militärarzt nach Sibirien, als er herausbekam, daß seine Frau ihn mit einem jüngeren Kollegen betrog. In seinem eigenen Sprechzimmer in Helsinki erwischte er die beiden. Er hat drei Töchter, die er vermißt. Manchmal wischt er sich Tränen weg, als trockne er den Schweiß. Mit seiner Frau wechselt er Briefe. Der jüngere Kollege ist auch nicht mehr jung. Ich glaube, wenn Gantz seine Jahre voll hat, kehrt er nach Hause zurück, um Frau und Töchter in die Arme zu schließen. Der sibirische Postverkehr ist so langsam, daß Bitterkeit, Haß und Trauer unterwegs abkühlen.

Als ich meiner Mutter schrieb, um mich nach dem Befinden des Oberstvaters zu erkundigen, war er schon tot. Auch Hjort ist tot. Er starb letztes Frühjahr an einer Blutvergiftung, nachdem er sich mit dem Stiefel den Fuß aufgescheuert hatte. Gantz und Tutscheff konnten ihm nicht mehr helfen.

Vaters Tod zwingt mich, an Vater Spiros und den Chinesen zu denken.

Ich müßte mit Schärfe an sie denken, aber sobald ich ein paar Zeilen geschrieben habe, ist mein Kopf trüb und schwer.

Die Tür zu meinem Zimmer öffnet sich mit Gepolter, und im Türrahmen steht Fern.

Ich richte mich auf dem Bett auf. Wir umarmen uns, und es schneidet mir in den Kopf.

Fern tritt einen Schritt zurück, als wolle er sehen, ob ich auch ich bin, und ich schaue auf dieselbe Art zurück. Er ist es! Dünner und sonnengebräunter als zuletzt, mit feinen Furchen um den dreieckigen Mund, aber mit demselben, an Schafwolle erinnernden Haar, den buschigen, hellen Augenbrauen und mit einem Kopf, aus dem die spitzen Ohren hervorstechen wie bei einem Faun.

»Armer Lennart!« sagt er und lacht.

»Fern!« Ich lache ebenfalls. Nie habe ich ihn Alfred genannt.

Wir mustern uns gegenseitig wie Menschen, die sich seit Jahren nicht gesehen haben, prägen uns das Aussehen des anderen ein, obgleich seit unserer letzten Begegnung nicht mehr als vielleicht ein Monat verstrichen ist. Sibirien hat seine eigene Zeit. Hier trägt sie mehr in sich als anderswo, denn sie ist hoch und langsam, die Veränderungen aber kommen mitunter abrupt und heftig. Sowohl Fern als auch ich, wir befinden uns weit entfernt von den gemeinsamen Tagen in Helsinki.

»Befiehl dem Einäugigen, was zum Trinken zu bringen«, sagt Fern und nimmt im Korbsessel Platz.

Der griesgrämig dreinschauende Fedja kommt bereits

durch die Tür. Er trägt eine Karaffe und Gläser auf einem Tablett, obwohl er gar nicht versteht, was wir auf schwedisch reden. Aber er kennt Fern und Creutz.

»Wirst du gesund werden?« fragt Fern und deutet mit dem Finger auf den Verband um meinen Kopf.

»Gesünder als je zuvor, sagt Gantz«, entgegne ich, und wir stoßen mit den Gläsern an.

Zwischen den Schlucken macht sich Stille breit, die anders ist als die Geräuschlosigkeit meiner einsamen Tage.

»Und in Strelok?« frage ich.

»Arbeit, Arbeit!« antwortet Fern und füllt sein Glas.

Fern und Creutz gehören zu jenen, die geblieben sind, obwohl die Gesellschaft aufgelöst wurde. Sie fahren mit der Neulandgewinnung fort, auch wenn die Anbauflächen zuweilen so sehr dem Wind ausgesetzt sind, daß er die Ackerkrume hinwegfegt. Mit gutem Erfolg gedeihen nur Kartoffeln und Saatrüben. Fern und Creutz wohnen im Tigertal, in einem Kolonistengebäude, dessen Wände aus Lehm sind wie bei den Behausungen der Mandschuren. Sie haben zwei Zimmer, eine Küche und eine Diele. Männern, die aus der Gesellschaft ausgeschieden waren, kauften sie für wenig Geld Möbel, Holzgerätschaften und ein Boot ab. Aus halbierten Stämmen bauten sie einen Stall für den Ochsen, der im Winter eingespannt wird, um Baumstämme, Brennholz und Heu zu ziehen. Fern ist ein geschickter Netzknüpfer. Zwei Mädchen von der Armenfürsorge führen den Haushalt; ich habe mich nicht erkundigt, ob zu ihren Pflichten noch mehr gehört.

»Reichen die Nahrungsvorräte aus?« frage ich ein wenig beschämt.

Im Winter zuvor war in Strelok das Mehl ausgegangen. Fern brach mit elf weiteren Männern auf, in Nachodka welches zu kaufen. Während des Winters gibt es keine Straße, nur einen armseligen Pfad, der an der Küste entlangführt, achtzig Kilometer weit. Beim Aufbruch hatte jeder der Männer als Gepäck einen Rucksack bei sich, der ein Pud faßte für das Mehl. Wie viele Tage waren sie unterwegs? Ich weiß es nicht mehr. Auf der Route lagen drei Fischerhütten. Dort übernachteten sie, gewärmt von ihren Pelzen und von den Körpern der anderen. Dann war Hjort wenigstens einmal eine Hilfe. Er sagte ihnen, wo sie Mehl herbekämen. Als ich Fern im Winter sah, jagten mir seine dünne Gestalt und sein wildes Aussehen Angst ein. Da war keine Spur mehr von dem Studenten, mit dem ich in den Gasthäusern von Helsinki angestoßen hatte. Er schaute mich an, und ich wußte, daß auch ich nicht mehr derselbe war. Nicht mehr derselbe bin. Nicht damals, nicht heute, selbst wenn in uns beiden auch das Frühere enthalten ist. Wir sprechen nicht über das, was wir hinter uns gelassen haben.

»Die Nahrungsmittel reichen. Es gibt Mehl, Pökelhering, Kartoffeln, Salz und Zucker. Mach dir keine Sorgen! Sonntags braten wir uns Plinsen und trinken einen Schluck Suli dazu«, sagt Fern.

Suli ist ein Branntwein, den die Chinesen aus Bohnen und Mais destillieren. Sie trinken ihn im Januar, wenn sie ihr großes Fest feiern. Dazu verzehren sie Meerkohl, getrockneten Fisch, in Salzwasser eingelegte gekochte Eier und Elchfleisch. Plötzlich fällt mir die Geschichte von dem finnischen Pferd ein, das sich beim Neujahrsfest der Chinesen losriß und das Weizengebäck im chinesischen Tempel auffraß.

Ich rufe Fedja, er solle etwas zu essen bringen, aber Fern schüttelt den Kopf. Er erhebt sich aus dem Sessel, der ohne ihn weiterknarzt.

»Nein, ich muß gehen. Ich wollte nur sehen, ob du noch den Kopf auf der richtigen Stelle sitzen hast. Hööks Schiff, wartet – und Frau Jansson. Ihre Lungenentzündung ist hier gut behandelt worden. Dank Gantz. Creutz ist ungeduldig. Muß jeden Tag eine Metze Land roden.«

»Immer noch?«

Fern nickt, aber in seinen Augen liegt nicht der Glanz, den die Teilnehmer der Expedition ausgestrahlt haben, als sie mit ihrem Schiff *Imperator Alexander II.* im Hafen von Nachodka eingelaufen sind; im selben Herbst wie ich, aber gut bei Kräften und voller Glauben an die Zukunft. Am liebsten möchte ich Fern jetzt festhalten, als gäbe es noch immer einen Punkt, an dem wir beide einen anderen Weg einschlagen könnten, nicht zurück, nicht in die Vergangenheit, sondern in eine andere Richtung. Ich sage nichts. Ich fürchte mich vor den Tränen, dem Knoten in meiner Kehle. Als sich Fern räuspert, ahne ich, daß in ihm etwas Ähnliches vorgeht. Wir sind jung, und wir sind alt. Ich bin ermordet worden, und ich lebe.

Besäße ich doch den Glauben dieser Männer, ihre Hoffnung und ihren Mut, ihre Abenteuer und ihre Geschichten. Für mich ist das nur Geliehenes. Als sie im Herbst 1868 losfuhren, feierte sie der ganze Helsinkier Hafen mit einem Lied. Sie hatten das Land des Amur vor sich, das Paradies.

Kapitän Höök hatte der Gesellschaft einen Kredit von 30 000 Silberrubeln zum Kauf eines Schiffes beschafft. Im Land des Amur war ihnen Ackerland auf unbegrenzte Zeit versprochen worden, umsonst und vierzig Jahre steuerfrei. Höök erwarb in Bremerhaven die *Imperator Alexander II.*, eine Brigg von 240 Tonnen, die mit einer Walfangvorrichtung ausgestattet wurde.

Als sie Nachodka erreichten, herrschte dort ein trockener, warmer Herbst. Der Schlamm, der schwer an meinen Stiefeln geklebt hatte, war schon getrocknet.

Der Gouverneur eilte eigens von einer Inspektionsreise am Fluß Shutsa in die Stadt zurück. Die Brigg war mit bunten Wimpeln geschmückt, man lud die Kanonen, alle Mann kletterten auf die Rahen, und der Gouverneur wurde mit Hurrarufen und Ehrensalut empfangen. Ich hielt am Ufer Ausschau, um Fern und Creutz unter der Schiffsbesatzung ausfindig zu machen. Mich überfiel Sehnsucht und auch Neid. Es kam mir vor, als hätte ich an Farbe verloren, nachdem ich gerade mal eine Woche im Kontor zugebracht hatte.

Hjort lud die gesamte Gesellschaft zu sich nach Hause ein: sämtliche Neulandgewinner und Walfänger des Amurlandes. Er hatte den Auftrag erteilt, eine üppige Mahlzeit zuzubereiten, und erkundigte sich neugierig nach der Reise. Sein gewohntes mürrisches Wesen schien abgelegt. Die Gläser wurden gefüllt, es wurde gesungen. Ich fiel Fern und Creutz um den Hals, wir stießen an, und ich spielte die Tatsache herunter, daß mich Hjort als sein »Sekretär« vorstellte. Wir waren zusammen, zu dritt, und wir hatten alle eine Reise hinter uns, die uns schon jetzt zu anderen Männern gemacht hatte, obwohl wir uns dessen gar nicht bewußt waren. Nachdem auf den Zaren getrunken und die Zarenhymne gesungen worden war, wurde ein Lied zu Ehren der neuen Bewohner des Paradieses angestimmt.

Heil dir, du Land am stillen Meer,
wir grüßen dich mit Freuden …

Das Schicksal dieses Land uns gab,
als Wiege und als Grab.

Ich blicke aus dem Fenster und sehe Fern die Straße entlanggehen. Seine Stiefel wirbeln eine Staubwolke auf. Wieder wollen mir die Tränen kommen.

Auch ich wollte mein eigenes Land gewinnen, fern von daheim und weit weg von allem, was früher war. Auch ich kam, mir ein Leben aufzubauen, aber eines aus anderen Bestandteilen als das von Fern und Creutz. Ich tauge nicht zu dem, was sie in Angriff nahmen. Unter der Führung von Kapitän Höök war eine Gesellschaft gegründet worden, in der die Erträge und Belastungen gleichmäßig verteilt wurden. Ich hingegen brach allein auf. Einsamkeit ist ein schweres Reisegepäck. Weder Liebe noch Sehnsucht ließ ich hinter mir zurück; mein Oberstvater wollte nur mein Versagen aus den Augen haben.

Veras Blick war forschend, als sie mir ihre Fragen stellte. Sie versuchte, meinen Blick zu durchdringen, in mich hinein zu sehen und durch das hindurch, was ich mir für mich vorgestellt hatte, was ich werden wollte. Kann ein anderer Mensch so tief vorstoßen, daß er mehr an mir erkennt, als ich selbst sehe? Ist Liebe die Gabe des besonderen Sehens? Oder sucht der Blick einer Frau in den Augen des Mannes nur eine Antwort auf ihre eigene Frage: Liebst du mich? Dann wären wir einander bloß ein Spiegel, in dem man das eigene Abbild sieht.

»Die Welt ist dir nichts schuldig«, sagte Holm. Ich hätte ihm in sein schwammiges Gesicht schlagen mögen.

»Vater Spiros. Der Chinese«, habe ich geschrieben.

Das Zimmer füllt sich mit grüngelber Dämmerung, die Umrisse der Gegenstände verschwimmen, als triebe ich unter Wasser.

Der Kopf schmerzt. Ich muß mich ausruhen, ich muß Entschlossenheit und Galle sammeln, damit ich denken und die Splitter an die passende Stelle rücken kann.

Heißt sich erinnern, sich selbst eine Geschichte zu erzählen?

Weil ich noch nicht aufstehen darf, vergeht ein Tag wie der andere, verstreicht die Zeit, die von meiner reparierten Wanduhr zerstückelt wird. Tee, Essen. Fedjas Schritte im Haus. Gantz wechselt den Verband. Manchmal setzt sich Rosenqvist kurz an mein Bett. Er ist ein steifer und verschlossener Mensch, es ist mir nicht gelungen, ihn kennenzulernen, obwohl wir unter einem Dach wohnen.

Die Erinnerungen der anderen sind mir die spannendere Erzählung.

Fern und Creutz schlossen sich, ohne lange zu überlegen, Hööks Expedition an.

Fern ist blond und blutvoll, Creutz dunkel, schmal und leicht entflammbar wie eine chinesische Wunderkerze. Er ist skeptischer als Fern, überwindet die Skepsis jedoch mit dem Eifer seines Handelns. Fern ist der fröhliche Abenteurer, Creutz ein pessimistischer Mann mit Prinzipien. Gemeinsam sind ihnen Tatkraft, Zielstrebigkeit und der Charakter eines Holzstückes, im Gegensatz zu mir. Als wir zusammen durch Helsinki zogen, durch Wohnungen und Schenken, fragte ich mich, ob sie bemerkten, wie ich mir etwas von ihrem Dasein lieh, als dürfte ich dadurch mehr und stärker leben. Sie haben sich darüber wohl keine Gedanken gemacht. Unsere Freundschaft war ein unstetes Hin und Her, bis sie sich für Hööks Pläne begeisterten und ich mich auf einem afghanischen Teppich meiner eigenen Reise zuwandte.

Die Gesellschaft wurde gegründet, um das Amurgebiet zu

kolonialisieren. Landwirtschaft sollte betrieben werden, man wollte Pelztiere erlegen, Fische fangen, Wale und Robben jagen. In jenen Jahren waren unglaubliche Geschichten über den Reichtum des östlichen Sibirien in Umlauf: Gold, Steinkohle, Felle von Biber oder Bisam. Die Männer der Gesellschaft versprachen, Geld und Arbeit nach dem Prinzip der Gleichheit zu verteilen.

Und ich warf mein Reisetagebuch in die Bucht von De-Kastri, weil ich von meinen eigenen Erinnerungen nichts wissen wollte.

Als ich Fern und Creutz im Hafen von Nachodka umarmte und wir bei Hjorts Fest zusammen tranken, schäumten die beiden über vor lustigen Geschichten und Abenteuern. In mir nagte der Neid und veranlaßte mich zu der Frage, worin die Wahrheit einer Erzählung eigentlich besteht. Womöglich vergessen auch sie etwas oder lassen Einzelheiten beiseite, erzählen nur, was spannend und fröhlich ist. Vielleicht bleiben leere Seiten übrig, Lücken, in die man hineinfallen läßt, was traurig stimmt.

Im November 1868 gingen sie in Bremerhaven an Bord der *Imperator Alexander II.*, fünfzig Expeditionsteilnehmer: zumeist Junggesellen, aber auch einige Familien sowie vier Mädchen von der Armenfürsorge. Ein Faßbinder, ein Weinkellner, ein Maschineningenieur, ein Maurer, ein Apotheker, ein Gärtner, ein Waffenschmied, ein Gerbergeselle und Fern und Creutz als Studenten; da war eine schöne Gemeinde beisammen. In Plymouth waren sie wegen der Stürme zu einem Zwischenaufenthalt von sechs Wochen gezwungen. Fern und Creutz amüsierten sich mit den anderen ledigen Männern. Sie besuchten für sechs Pence die Hopdidoodle-Theater, in denen heisere Varietésänger und abgelebte Tänzerinnen auftraten. Eine blaß gepuderte Frau mit feuerrotem

Mund und hennagefärbtem Haar brachte Fern dazu, ihr einen Krug Bier zu bezahlen. »Und das war noch nicht alles!« erzählte er augenzwinkernd. Er verkaufte einem Juden seine Taschenuhr, aber als er in das Hopdidoodle zurückkam, saß die Frau schon auf dem Schoß eines eichenstarken Mulatten.

Mich ereilte auf dem Meer die Beklemmung wie ein Schlaganfall. Wochenlang vermochte ich nicht von der Schlafbank aufzustehen. Ich schrieb traurige, reuevolle Briefe nach Hause, die ich bald darauf in kleine Stücke zerriß. Mein Magen verweigerte die Nahrung. Ich starrte auf die schwankende Wand, ich war beinahe tot.

Auf der Kapverdischen Insel Sal begegnete Fern einer schönen Mulattin. Sie hieß Mery de Luze und war die einzige Frau auf der Insel, die Schuhe besaß. Ihr Haar glänzte schwarz wie die Trugdolde einer Palme.

Die Expedition füllte ihre Fässer mit Salz. Am Ufer befanden sich flache Erdgruben, in die mit Hilfe von Windmühlen Meerwasser gepumpt wurde. Die Sonne trocknete das Salz, dann wurde es in Loren geschaufelt, die auf Schienen von Eseln zum Ladeplatz gezogen wurden.

»Und erst das Abschiedsfest!« erinnerte sich Creutz.

Tische waren in das aus Brettern zusammengenagelte Magazin getragen worden, Kokospalmwein und süßes Gebäck wurden serviert. Die Geiger spielten wie im Fieber auf, der Schweiß floß, und die Füße der Tänzer wirbelten Staub auf. Um Mitternacht stürmte eine Schar männlicher Inselbewohner den Ort. Sie waren außer sich, weil sich ihre Frauen mit den Finnen vergnügten. Mit Säbeln bewaffnet, drangen sie in den Festsaal ein. Es kam zu einem Tumult, bei dem Mann gegen Mann und Frau gegen Mann kämpfte. Die einzige

Lampe des Schuppens ging entzwei und verbreitete Ruß um sich. In der Dunkelheit waren die Weißen ebenso schwarz wie die Schwarzen. Schließlich sperrten Polizisten die Finnen in eine Gefängniszelle. Das zweite Gefecht wurde geführt, als die an Bord gebliebenen Männer anrückten, um ihre Reisegenossen zu befreien.

Fern zog ein schwarzes Band aus seiner Jackentasche. Die schöne Mery de Luze hatte es aus ihren eigenen Haaren geflochten. »Sie weinte, als das Schiff ablegte«, sagte er.

Während meiner Schiffsreise saß mir die Beklemmung auf der Brust wie ein Vogel mit scharfen Krallen. Schwer wie Blei. Die Grenze zwischen Schlafen und Wachen löste sich in grün schimmerndes Grau auf. Der Seegang schien in meinem Innern Wellen zu schlagen.

Auf einer zu Trinidad gehörenden Insel waren Fern und Creutz dem Tod von der Schippe gesprungen.

Als sie davon erzählten, fiel mir ein, wie es war, als ich auf dem Schiff dem Tod langsam näher rückte, auf eine tiefer werdende Dunkelheit zu, während das Gefühl, das Leben zu verlieren, weder Schrecken noch Widerstand hervorrief.

Auf der *Imperator* gingen Trinkwasser und Brennholz zur Neige, so daß Kapitän Höök, Fern und Creutz und einige andere Männer beschlossen, mit einem Boot zur Insel zu rudern. Das Ufer war steil, die Dünung stark. Eine hohe blaue Woge hob das Boot auf ihren Kamm und zog es gleich darauf in die Tiefe. Das Boot wurde zerschmettert, einer der Männer ertrank um ein Haar. Schließlich gelangten alle ans Ufer, aber von der Ausrüstung war nicht mehr übrig als zwei Ruder, ein Walfangstrick, ein Wasserfäßchen und die Meerrettichpflanzen, die Höök mitgenommen hatte, um sie auf der Insel einzusetzen.

»Meerrettich!« lachte Fern.

»Wenn Fedja Beluga serviert, dann sag ihm, er soll sie bloß nicht mit Meerrettich würzen!«

Die Männer errichteten am Ufer ein Lagerfeuer aus Treibholz. Wie entfachten sie das Feuer? Ich erinnere mich nicht. Alle hatten Hunger und Durst. Nach Sonnenuntergang krochen Krabben aus ihren Höhlen, die versuchten sie im Feuer zu braten, aber die gelben, platten Wesen schmeckten schlecht. Fern kletterte in einer Gebirgsspalte auf einen Felsvorsprung. Dort sammelte er graugescheckte Bohnen. Auch Creutz und Höök aßen davon, aber bald überkam sie ein Schwindelgefühl, und sie mußten sich schwer erbrechen. Creutz trug um seinen Hals ein Pulverhorn, das noch einen Tropfen Wasser enthielt. Die Männer beschlossen, zum anderen Ufer der Insel zu klettern. Der erste Versuch schlug fehl, der Hang war zu steil. Dann ging ihnen das Trinkwasser aus. Nun teilten sich die Männer in zwei Gruppen. Die einen gingen unter der Führung von Höök, die anderen unter der von Fern weiter. Ferns Gruppe gelang es, den Bergkamm zu überwinden. Sie fanden einen Bach und tranken so gierig, daß sie sich wieder erbrechen mußten. Hööks Männer kamen an einen Uferabschnitt, wo sie Meeresschildkröten und deren Eier entdeckten.

»Drei Tage und zwei Nächte«, rechnete Creutz nach.

Schließlich wurden sie vom Schiff aus gesehen, und ein Boot kam, um sie zu holen. Von der Insel nahmen sie als Reiseproviant Süßwasser, Schildkröten samt Eiern und Brennholz mit. Von den nahezu 500 Pfund schweren Schildkröten und ihren Eiern sammelten sie so viele, daß es über einen Monat als Verpflegung reichte.

»Biete mir bloß keine Schildkrötensuppe mehr an!« sagte Fern.

Er hob sein Glas. Der besiegte Tod ist im nachhinein nur noch ein Abenteuer.

Ich bin ermordet worden, doch ich lebe, und ich bin gewiß ein anderer Mensch als der, der während seiner Reise in die Zukunft, von Beklemmung, Schmerz, Trauer und Reue ergriffen, auf einer Pritsche lag. Wenn man den Tod einmal bezwungen hat, bezwingt man ihn auch ein zweites Mal. Ich bin noch jung, erst fünfundzwanzig. Ich weiß nicht, wie oft ein Mensch während seines Lebens den Tod überwinden muß.

Mein Körper sammelt Kräfte, damit das Gehirn zu arbeiten imstande ist. Ich will das Rätsel lösen, wer mich umbringen wollte. In der Antwort liegt der Schlüssel zu meiner Zukunft, weil ein Mordversuch, der Wille, einen anderen zu töten, eine bedeutsame Tat ist. Für einen unwichtigen Menschen interessiert sich niemand, nicht mal er selbst, und niemand macht sich die Mühe, ihn umzubringen. Immer noch kann ich nicht richtig sehen, ich bin wie schneeblind.

Vergangenen Winter blickte ich eines Tages aus dem Fenster, als die Landschaft von frisch gefallenem Schnee bedeckt war. Straße und Wege waren verschneit, überall das pure Weiß. Plötzlich kam von irgendwoher ein schwarzer Hund gelaufen. Ohne zu bellen, rannte er im Zickzack durch den Schnee und verschwand wieder aus dem Blickfeld. Zurück blieben seine Spuren, als wäre der Lauf des Hundes eine Schrift gewesen, die aus einer Feder geflossen ist. Meine Aufzeichnungen sind mühsam. Ein paar Wörter in einem Heft. Immer noch ziehe ich Gedanken, Fragen und Antworten groß; ich beginne zu sehen.

Im Hafenkontor riecht es nach alten Zeitungen, Papier, Druckerschwärze und Tinte. Der Gestank von Fisch und Häuten mischt sich darunter, so, wie sich im Parfum der Frauen Rose, Maiglöckchen und Moschus oder Patschuli übereinanderlagern.

Der erste Schritt zur Macht besteht darin, die Schwäche des anderen aufzudecken. Bei Petrow ging das leicht. Ich weiß nicht, dank welcher Empfehlungen und Beziehungen er sein Amt erhalten hatte, denn er kann nicht rechnen. Ich verstand schnell, warum er vor mir wie Honig dahinschmolz: Die Konten waren schlecht geführt. »Acht Schiffe«, sagte Petrow. Gut, er kann bis acht zählen und über Zigtausende Rubel sprechen, aber er vermag die Ziffern nicht in Spalten einzutragen. Er brauchte mich, und ich verriet ihn nicht, weder an Hjort noch an sonst jemanden. Ich brauchte ihn auch, damit ich die Amtspapiere aus St. Petersburg bekam, samt allen Vergünstigungen.

Das, was man nicht laut ausspricht, bindet unter allen Abmachungen am meisten.

Der Lohn fällt allerdings nach wie vor dürftig aus: 50 Rubel im Monat. Darum habe ich sogar bei Fedja Schulden, was mich beschämt. Und beim Juden von Wladiwostok, aber daran mag ich schon gar nicht denken. Im Kopf beginnt es zu pochen. Wenn erst meine Amtserhebung bestätigt wird, bekomme ich 400 Silberrubel für meine Arbeit im Magazin und 1400 Rubel für die Funktion als Hilfsbuchhalter.

Ohne Schulden würde ich gern an Wladiwostok denken. Es ist eine schöne Stadt, deren nördlicher Teil von einem Bergkamm umgeben ist. Am Ufer der Bucht besitzt die Familie Nikander ein Haus, in dessen Garten ein Feigenbaum und Weinranken wachsen. Abends trippeln Fasane auf das Grundstück. Nur in Mariensk ist es noch herrlicher, laubreicher, voller Licht und Grün, was den Winter vergessen läßt. So trügerisch kann Sibirien sein.

Der Duft von Rainfarn. Der Duft der Sterne. Was rede ich da?

Gantz, der sich für Botanik begeistert, spricht die Namen der Pflanzen aus wie ich die der Mineralien, als wären es Zauberformeln. *Tanacetum vulgare. Achillea millefolium. Dianthus deltoides.* Die Namen sind Botschaften aus einer Welt, die erhabener ist als der Feldrain, an dem wir entlanggehen und Staub aufwirbeln. Wäre meine Geduld stärker gewesen als das Gefühl, das den Schwimmer des Gemüts auf und ab tanzen läßt, wäre vielleicht auch ich Naturwissenschaftler geworden, allein wegen jener über alles Welken und Sterben erhabenen Begriffe.

»Eine Krankheit des Geistes«, sagte Vera wütend.

Ihr Zorn schmeichelte mir bisweilen, es war, als sähe sie in mir einen echten Geistesmenschen!

Ich bemühe mich, vorsichtig zu denken, wie es Gantz verordnet hat.

Ich denke an Vera und Aleksandra. Ein Mann wird ein anderer durch die Blicke einer Frau. Aleksandra fand in mir den Mann, der Körper und Fleisch war, und dennoch würde ich lügen, wenn ich behauptete, es habe sich nur darum gehandelt. Als sie mich hier besuchte, schaute ich jedoch bereits durch das, was gewesen war, hindurch auf sie, und dieser Blick ist grausam und verzerrend, weil man seine eigene Historie immer wieder von neuem schreiben will, immer wieder. Gerade so, als wäre ich ein Pfau, der, anstatt ein Rad zu schlagen, seinen hübschen Schmuck hinter sich herschleift und versucht, die Spuren auszuwischen, die seine Krallen in den Sand gezeichnet haben.

Ich hätte Lust zu weinen, aber es wollen keine Tränen fließen, als hielte der um meinen Kopf geschlungene Verband sie zurück.

Gantz kommt ins Zimmer. Vielleicht bemerkt er den Glanz in meinen Augen, denn er befühlt meine Stirn. Mißt den Puls. Schüttelt den Kopf.

»Lennart, du denkst zuviel. Sonst fehlt dir nichts. Bald darfst du aufstehen und spazierengehen. Es gibt keine bessere Methode, die Gedanken zu vertreiben, als spazierenzugehen oder im Garten zu sitzen, Wein zu trinken und Preference zu spielen! Das Leben geht unverändert weiter. Dein Attentäter soll im Woiwodschaftsgefängnis schmachten. Er wird auf den Karren gebunden, und vom Kirchhof kehren keine Toten zurück.«

Was Gantz sagt, löst meine Tränen. Er sieht mich erschrokken an. Mich selbst packt das Entsetzen, als ob ich von den Tatsachen mehr wüßte als er und er sich darüber im klaren wäre. Als Rosenqvist zum Tee kommt, trinken wir, ohne zu reden. Fedja führt ein kaum hörbares, murmelndes russisches Selbstgespräch. »Vom Kirchhof kehren keine Toten zurück« – das sagen die Zwangsarbeiter über sich selbst.

Der Herbst 1869 war eine Zeit der Zuversicht.

Ich erholte mich, Tutscheff kümmerte sich um meine Zähne, und der Schmerz in meinen Zehen ließ nach. Außerdem hatte ich meine Arbeit bei Petrow.

Hin und wieder traf ich Fern und Creutz, obgleich der Weg nach Strelok lang war: 30 Meilen über das Meer. Auf der Festlandseite teilt sich die Bucht von Strelok in Abrek im Osten und Rasboink im Westen. Auf diesen Halbinseln wachsen Eichen und schwarze Birken. Unweit davon liegt die Insel Askold, in deren Weißdornhecken und Laubwäldern es reichlich Wild gibt, Elche vor allem. Die Bewohner von Strelok rodeten und bauten.

»Eine Metze Land am Tag«, sagte Fern, als er mich besuchte. Stark, wie er war, harkte er das Pensum in sechs Stunden.

Die Finnen setzten die Wohnungen instand, die von den Chinesen verlassen worden waren. Unter Hööks Führung holte das Schiff Vieh aus Nachodka, so daß sie noch vor Neujahr zwanzig Ochsen und ein Pferd hatten. Fern und Creutz bewohnten ein großes Haus, in dem es fünfunddreißig Schlafplätze gab, einen gemauerten Heizofen aus grauem Stein, einen Backofen aus Ziegeln und eine Feuerstelle zum Kochen. Höök unternahm mit der Brigg Fahrten nach Japan, nach Hakodate, von wo er Reis und Gerätschaften für den Walfang mitbrachte. Die Männer der Gesellschaft teilten sich in zwei Gruppen auf: in Bauern und in Walfänger.

Wenn Fern und Creutz Nachodka besuchten, waren sie stets guter Stimmung. Wir tranken und redeten beinahe wie früher, obwohl wir innerhalb desselben Landes ganz verschiedene Leben führten. Gewiß, wir kannten den Unterschied, aber wir sprachen nicht darüber. Falls sie mich für einen Feigling hielten, ließen sie sich das jedenfalls nicht anmerken. Ich wollte ihre Geschichten hören, über Tiger, über die Mandschuren, die von ihren kleinen Booten aus mit Haken Meerkohl ernteten, über die Chinesen, von denen wir Finnen *Engel* genannt werden, als wären wir vom Himmel gefallen. Meine Phantasie folgte Fern und Creutz in deren Kielwasser, wie früher schon. Dennoch, auch bei mir sammelte sich etwas an, obgleich ich weder rodete noch pflanzte.

Das, was ich erlebt habe, ist hier etwas Gewöhnliches, für die anderen wie für mich selbst. Ich brauche nur an den

Weinkellner zu denken, der eine Russin heiratete, die aufgrund mehrerer Vergehen ins östliche Sibirien verbannt worden war. Sie war eine schöne, reuevolle Frau. Eines Tages brach der Weinkellner zur Tigerjagd auf, und während dieser Zeit nahm sich die Frau einen russischen Soldaten als Liebhaber. Als die Heimkehr ihres Mannes bevorstand, tötete sie den Soldaten, um ihre Untreue zu vertuschen. Doch der Mord kam dem Ehemann zu Ohren, und er machte den Behörden davon Mitteilung. Die Frau fand im Geheimfach ihres Wandschranks eine Strychninkapsel, wie sie bei der Tigerjagd verwendet wird. Damit brachte sie sich um.

Seit jenem Herbst sind zwei Jahre vergangen.

Die Gesellschaft löste sich bereits im November 1870 auf. Ihre Anteilseigner wurden wie Spreu in alle Winde verstreut. Höök heuerte als Kapitän auf einem Walfangschoner an. Joachimsson gründete hier in Nachodka einen Laden. Die Zimmerleute gingen nach Wladiwostok, um auf Rechnung einer dänischen Telegraphengesellschaft Häuser zu bauen. Fern und Creutz blieben, aber ich sah in Ferns Gesicht die Spuren der Niederlage. Wir können nicht einmal uns selbst etwas vormachen: Wir sind nicht mehr dieselben wie früher. Wenn wir uns treffen, versuchen wir natürlich, an dem anzuknüpfen, was einmal war. Schließlich gibt es auch an den tiefen Stellen eines Bachs Steine, auf die man treten kann. Der Mund bringt das Herz zum Schweigen. Wir machen Scherze. Trotz allem sind wir noch jung. Wir haben das Leben noch vor uns!

»Die Schuld ist die verlängerte Polizeistunde der Moral.« Wer hat das gesagt? Ich erinnere mich nicht. Der Tod meines Oberstvaters befreite mich von der Schuld, nicht das zu sein, was er sich erhofft hatte. Wer ich nun aber bin und weshalb ich bin, das weiß ich nicht.

In meiner Ahnungslosigkeit stellte ich mir die Liebe als ein Licht vor, das erhellt und mich wärmt. Wenn ich mich verliebe, kenne ich nicht den Grund. Ich frage nicht nach dem Warum. Wenn ich nicht liebe, betrachte ich die Frauen, die mir auf der Straße entgegenkommen, kalt, die jungen und schönen ebenso wie die alten und häßlichen. Alle haben sie den gleichen Mangel: Keine von ihnen ist die Frau, die ich lieben will. Ich komme nicht auf den Gedanken, daß auch meine Geliebte nur Fleisch ist, die komplizierte Konstruktion einer Hand aus Knochen, Gelenken, Sehnen, Adern, Haut.

Vater Spiros predigte über die Liebe und die Gnade, bevor er anfing, über Steinkohle zu sprechen.

Selbstverständlich sprach er nicht über die Liebe zu einer Frau, sondern über die Liebe Gottes. Die Frauen seufzen vor Verzückung, wenn Vater Spiros predigt, aber für mich klingt sein Gott nach einem Zaren, der über die Vollmacht verfügt, aus Gnade kostenloses Land anzubieten, Steuerfreiheit, Befreiung vom Militärdienst und Stundung der Schulden.

Ich will ein Amt, besseren Lohn, auch wenn ich bisweilen denke, die größere Freiheit bestehe darin, ein Dieb zu sein und nicht der Herrscher über Eigentum. Wer ist freier, der Eigentümer, der Dieb oder der Bettler? Ich glaube, der Bettler, weil er durch sein Bitten auf den Willen der anderen einwirkt, sowohl dessen, der ihm eine Münze gibt, als auch dessen, der sie verweigert. Der Eigentümer besitzt und der Dieb stiehlt – für beide bedeutet das Arbeit. Der Bettler, der auf der Straße kauert, mit dem Hut in der Hand, läßt den Hut die Arbeit verrichten. Er selbst wartet nur. Der Hut macht die Arbeit.

Nun werden beide Flügel meiner Zimmertür geöffnet. Ich sehe, daß im Entree und im Speise- und Wohnzimmer Lampions brennen, obwohl es noch nicht dunkel ist.

Fedja verneigt sich im Türrahmen. Er hat sein bestes Kleidungsstück angelegt, ein russisches Bauernhemd, das an der Taille von einem roten Gürtel zusammengezogen wird. Hinter Fedja erkenne ich Gantz, auch er fein gekleidet, nicht in der üblichen Rauchjacke mit dem persischen Muster, sondern im Samtrock. Rosenqvist trägt seine steife Offiziersuniform. Auch sie verneigen sich scherzhaft. Aus dem Wohnzimmer höre ich Geräusche, Worte, das Klappern von Geschirr.

Gantz tritt an mein Bett und schlägt die weiße Decke zurück. Ich schäme mich für meine haarigen Schenkel, die unter dem Nachthemd hervorragen. Trotz des Essens und Liegens bin ich dünner geworden. Die Muskeln sehen verkümmert aus. Aber der breite Rücken von Gantz schützt mich vor den Blicken der anderen. Er reicht mir einen Morgenmantel, den ich noch nie gesehen habe. Er ist aus dicker, dunkelblauer Seide und hat einen Gürtel mit Quasten.

»Zieh dir das über. Du hast lange genug gelegen«, sagt Gantz.

Er und Fedja helfen mir aus dem Bett. Einen Moment lang ist mir schwindlig, dann stehe ich mit bloßen Füßen auf dem Boden. Meine eigene Größe erscheint mir sonderbar, nachdem ich so lange – wie lange? – gelegen habe. Die Proportionen des Zimmers verändern sich. Fedja reicht mir ein Paar Pantoffeln aus Saffianleder. Auch sie habe ich noch nie zu Gesicht bekommen. Alles neu. Sie tragen Goldverzierungen im orientalischen Stil. Gantz hilft meinen Händen in die Ärmel des Morgenmantels und bindet mir seinen eigenen bunten Seidenschal um den Kragen, wohl um meinen mageren Hals zu verbergen.

»Es gibt eine Zeit, zu liegen, und eine Zeit, aufzustehen«, sagt er, als spräche er die Sprache der Bibel.

Fedja grinst. Meine Metamorphose reizt ihn zum Lachen. Ich selbst weiß nicht, wie ich aussehe.

Die Freunde haben eine Einladung organisiert, anläßlich meiner Genesung. Delikatessen sind aufgetragen worden und Wein. Die Petrows sind da, Jakowlew. Fern und Creutz! Sie wollen mich feiern und daß ich noch am Leben bin. Gantz möchte mich von meinen Gedanken befreien, denn er merkt, wie sie in meinem Kopf brennen, obwohl die Wunde nicht entzündet ist.

Ich bin erstaunt und schwach und froh. Gantz führt mich am Arm zum Tisch. Die Champagnergläser sind gefüllt, ich setze mich, aber die anderen bleiben stehen und erheben das Glas auf mein Wohl. In einem Zug trinke ich mein Glas leer. Das perlende Getränk steigt mir zu Kopf. Ich lache wie ein Idiot, ich umarme Fern und Creutz, gebe Petrow, Aleksandra, Vera und Jakowlew die Hand. Auch sie lachen und stoßen mit den Gläsern an. Schließlich haben sie mich von den Toten auferweckt.

September

Ich bin jetzt ein anderer Mensch. In aufrechter Haltung.

Ich gehe auf eigenen Füßen, in eigenen Kleidern, auch wenn sie locker an mir herabhängen. Viele Male schon habe ich einen Gang durch das Haus unternommen. Ich muß mir jeden Raum aufs neue erobern, muß die Möbel in Augenschein nehmen, die Bilder, die Schmuckgegenstände, ja sogar die Küche, die Fedjas Reich ist. Ich starre die Bücherschränke im Wohnzimmer an, als wüßte ich nicht, welche Bücher dort im Regal stehen. Ich betrachte das Ölgemälde über dem Kamin wie zum allerersten Mal. Ein erbärmliches Machwerk, grelle Birken, ein merkwürdig blauer See und ein Boot, das am Ufer festgebunden ist. Die Signatur des Künstlers vermag ich nicht zu entschlüsseln. Ich staune über mein Zuhause auf dieselbe Weise wie als Kind, nachdem wir vom Land in die Stadt zurückgekehrt waren.

Meine Tatkraft beunruhigt Gantz.

Ins Kontor darf ich nicht gehen, ich muß mich weiterhin ausruhen und darf mir keinen Kummer aufhalsen. Gantz, der gesunde Mann, versteht die Energie nicht, die dem Bewußtsein entspringt, daß ich am Leben bin und genese. Ich bin wie zuvor und doch nicht derselbe. Man behauptet, einer, der für todkrank erklärt worden ist, sehe sein vergangenes Leben in hellem Licht. Und ein Mensch, der für lebendig erklärt wird?

Um die Stirn trage ich den Verband, und ich setze einen Hut auf, wenn ich mich in den Garten begebe. Auf einem weißen Stuhl sitze ich unter der Birke und betrachte die Passanten, denn zwischen dem Haus und der Straße gibt es keinen Zaun. Der kurze sibirische Sommer ist am schönsten, wenn er auf den Herbst zugeht. Jetzt sind die Tage hoch, klar und blau, voll vom Flimmern der Blätter. Eine gebückte Alte schlurft langsam vorüber, ein schwarzes Tuch auf dem Kopf und den Rocksaum im Staub. Ein halbwüchsiger Junge rennt mit bloßen Füßen vorbei. Er hat kurze Haare, ist von schmaler Gestalt, und seine Hosenbeine flattern. Beide haben einen ebenso zerbrechlichen Schädel wie ich, aber von ihren Zielen oder Gedanken weiß ich nichts. Mein Schädel war nahe daran, ausgehöhlt auf einem lehmigen Acker zu landen. Selbst für die Verwundbarkeit Unbekannter hege ich nun Mitgefühl! Das Hemd wird schweißnaß, so errege ich mich, und plötzlich fließt ein kühles Rinnsal das Rückgrat hinab.

Auf dem Tisch steht ein Glas, daneben eine Karaffe mit Saft. Das Heft steckt zwischen den Zeitungen.

Ich bin jetzt gesund und stark genug, um logisch zu denken.

Das Heft enthält meine Buchhaltung. Ich schlage es auf und lese, was ich auf dem Krankenlager geschrieben habe. Ein paar Wörter. Hinweise. Fixpunkte des Denkens, um die herum ein roter Faden geschlungen werden muß. In den Gesprächen zwischen Gantz und mir ist der Mordanschlag im Hintergrund geblieben. Er redet überhaupt nicht darüber, gerade so, als ob er von jeher nur mit mir geplaudert hätte, um mich zu beschwichtigen und aufzumuntern. Ich spreche es nicht an, auch wenn die Gedanken darum kreisen. Wegen meines Schweigens empfinde ich Schuld und Scham, als hätte Gantz, der in das Innere meines Schädels hineingeschaut hat, auch das Recht, meine Gedanken zu kennen.

Der Schlüssel. Der Schlüssel gehört zu der Abmachung zwischen Petrow und mir. Die nicht abgerechneten Kassenbeträge werden in einer Truhe aufbewahrt, deren Schlüssel er mir gab. Ich trage ihn am Hals, immer, an einem Lederband unter dem Hemd. Da Petrow von meinem Wissen wußte, hielt er es für das Beste, daß alle Gelder von mir verwaltet werden, ich zähle sie, führe Buch. Den August über habe ich Petrow kein einziges Mal getroffen. Aleksandra war hier, aber Petrow sandte nur ein Briefchen. Ich weiß nicht, ob er sich klargemacht hat, daß der Schlüssel abhanden gekommen ist. Er hat nicht danach gefragt. Ist während meiner Krankheit Geld in die Kasse geflossen, und wenn ja, wo wird es aufbewahrt? Wo ist der Schlüssel? Niemand hat ihn erwähnt. Der Schlüssel macht mir Sorgen. Mein Verstand sagt mir, wenn es sich um einen Raubmörder gehandelt hätte, dann wäre er dort eingebrochen, wo die Geldtruhe aufbewahrt wird. Dann wüßte ganz Nachodka von dem Raub. Vielleicht hat Petrow aus Rücksicht nicht gefragt, weil er mich nicht belästigen wollte, solange ich im Bett lag und phantasierte? Vielleicht ging der Schlüssel bei der Auseinandersetzung verloren, an die ich mich nicht mehr erinnern kann? Womöglich verschwand er im Unkraut und wurde von denen, die mir zu Hilfe kamen, im Lehm festgetreten? Ich muß ihn suchen!

Ich schreibe auf, was ich zu tun habe. Die Feder kratzt auf dem Papier. Während der Seereise vermischte sich das Kratzen der Feder mit dem Ächzen der Schiffsplanken und dem Rauschen der Wellen. Aber jenes Heft ist längst Futter für die Fische. Jetzt schreibe ich exakt, Buchführung ist das, klares Denken. In dieser Küstengegend gibt es neblige Tage, Wochen, ja Monate, in denen man nicht über die eigene Nase hinaussehen kann. Dann bricht auf einmal ein klarer Morgen an, und jede Einzelheit ist so deutlich zu erkennen wie auf einer Lithographie.

»Vater Spiros. Der Chinese«, habe ich geschrieben.

Ich nehme einen Schluck Saft aus dem Glas. Er schmeckt zu süß. Mir bricht der Schweiß aus, ich lehne mich zurück und schließe für einen Moment die Augen. Als ich sie wieder öffne, steht Vera vor mir.

Sie trägt ein einfaches graues Kleid mit blauem Band als Verzierung. Die langen schwarzen Haare sind zu einem Zopf geflochten, der um den Kopf gewunden ist. Ihre Miene ist mürrisch, warm, fragend – alles auf einmal. Ich verstecke das Heft, obgleich ich weiß, daß sie jede meiner Regungen genau verfolgt. Ohne etwas zu sagen, setzt sie sich auf den weißen Stuhl auf der anderen Seite des Tisches. Sie mustert mich. Ich stelle mir vor, daß sich diese Augen in Wahrheit in mir befinden und etwas sehen, was ich selbst nicht erkenne.

»Bist du schon gesund?« fragt sie.

»Ja. Der Strohhut ist nur notwendig, um die Gedanken zusammenzuhalten«, antworte ich.

Ich schwitze und fühle mich schwach. Nichts ist so einfach, wie es sich einer, der die doppelte Buchführung beherrscht, häufig vorstellt. Ich weiß nicht, was ich Vera sagen soll. Wie begegne ich der Forderung ihres schwarzen, stechenden Blickes? Ihre Anwesenheit saugt mich in die Tiefe der Gefühle hinab, die klaren Begriffe verlieren ihre Bedeutung, die Wörter werden überflüssig. Unbeholfen biete ich ihr Saft an. Sie kostet, zieht eine Grimasse und stellt das Glas zurück auf den Tisch.

»Du bist eher krank als gesund! Sonst hättest du nicht sowohl mich als auch Aleksandra genommen«, sagt Vera.

Sie spricht mit lauter Stimme, ohne sich darum zu kümmern, ob nur ich sie höre oder die ganze Stadt. Sie nennt ihre Mutter jetzt Aleksandra. Die Absicht ist eindeutig. Es geht nicht um Mutter und Tochter, sondern um zwei Frauen und einen Mann – und der bin ich. Ich möchte ausweichen und in die Krankheit zurückfliehen.

Laß uns ein Stück gehen«, schlage ich vor.

Vera sagt nichts, folgt mir aber, als ich aufstehe und auf die Straße trete.

Natürlich müßte ich alles erklären!

Ich sehe Veras schmale, dunkle Gestalt. Ich liebe, und ich bin schuldig.

Wie könnte ich es erklären? Entsteht aus den Einzelteilen ein Bild oder nur die Sudelei eines Verrückten, eine Absurdität, ein Liniengewirr ohne Gestalt? Wenn doch nur jemand die Splitter zusammenfügte, auch jene, die nirgendwo hineinpassen wollen! Was habe ich mir da eingebrockt! Mutter und Tochter! Ein Mann für zwei Frauen, dabei bin ich nicht einmal mir selbst genug.

Was habe ich ihr, Vera, die in ihren schwarzen Schuhen neben mir auf dem trockenen Sand hergeht, schon zu sagen? Ich liebe dich? Ich begehre dich? Nimm mich, egal, was die anderen denken werden? Ich stehe in Fedjas Schuld. Ich stehe in der Schuld des Juden von Wladiwostok. Ich stehe in der Schuld der ganzen Welt! Ebensogut könnte ich mich mit dem Hut in der Hand auf die Straße setzen. Ich habe nichts zu bieten, nicht einmal eine Antwort auf die Frage, die mir Vera lautlos stellt: ob ich sie liebe. Mein Mund ist verschnürt wie ein Geldsack. Es gibt keine Liebe ohne Bedingungen. Das Gefühl entflieht, wenn es im Zimmer zieht. Mit jedem Schritt wird die Frage nach der Liebe komplizierter.

Aleksandra versuchte mich zu lehren, ein Mann zu sein. Ich meine nicht die Lehrstunden des Fleisches. Da war noch mehr. Ich will nichts abstreiten, nicht die Spuren verwischen wie ein Pfau.

Als Vera unerwartet in den Garten schlüpfte, machte ich mir gerade über meinen Mord Gedanken.

Auch aus Liebe werden Morde begangen.

Ich weiß nicht! Es kommt Wind auf, ich setze den Strohhut ab und lasse den Wind der Taiga durchs Haar streichen. Um die Stirn habe ich den Verband: ein Souvenir, das mich erinnert.

Vera pflückt am Wegrand Blumen, doldenständige, andere sind blutrot. Ich kenne ihre Namen nicht. Gantz wüßte sie. Vera drückt die Blumen zu einem Strauß zusammen. Dann blickt sie nur noch vor sich auf die Straße, geht und schweigt.

Ich drehe den Strohhut in der Hand. Ein Rad, das sich im Leerlauf dreht.

Ein Teil von mir betrachtet mich von außen. Das ist die Nahtstelle, an der die unterschiedlichen Elemente nicht zusammengehen. Veras Gestalt zeichnet sich vor dem westlichen Himmel ab, ihr Rumpf, ihr Hals, der Blumenstrauß, der aus den Händen ragt, als wäre er aus Haß gepflückt worden. Ich liebe sie mit meinem Herzen und meinem Körper, aber ich verstehe sie nicht. Und ich liebe Aleksandra.

Die Sonne geht unter, die Sonne des sibirischen Spätsommers. Die Wiese, die Schritte auf der staubigen Straße. Ich will gesund sein, leben, ein besserer, klügerer Mensch werden, Geld verdienen!

»Laß gut sein, Lennart«, sagt Vera.

Sie bleibt stehen und wendet sich mir zu, die Sonne in ihrem Rücken, so daß ich ihr Gesicht nicht erkennen kann.

»Nimm! Werd schnell gesund!« sagt sie, wirft mir den Blumenstrauß zu und geht in Richtung Nachodka davon.

Ich bleibe in der Abendsonne stehen wie eine Säule. Das Licht wirft meinen Schatten auf die Straße. Das wäre eine Aufgabe für mich: ein Uhrzeiger sein! Rühr dich nicht vom Fleck. Alles wird an dir gemessen.

Ich schlage den Heimweg ein. Am Wegrand doldenständige und blutrote Blumen. Ich werfe Veras Strauß in den Graben. Die Augen trüben sich vor Tränen. Ich werde gesund, aber das neue Leben ist nicht leichter als das alte.

Ob Aleksandra in ihrem Zimmer sitzt? Sie duftet nach Parfum, spricht mit der Dienerin, gibt mit ausgestrecktem Arm Anweisungen. Sie führt den Haushalt, führt ihren Mann, ihre Kinder, ihre Bediensteten. Ich bin eine ausgewachsene Birke, die sich in die Taiga verirrt hat, groß, aber verkrüppelt.

Aleksandras feuchtes und warmes Fleisch hat etwas Dichtes, Zupackendes. Fleisch und Denken und Handeln sind bei ihr eins. Sie scherzt und ist sich ihrer selbst gewiß, wie ein Mensch, der die eigene Haut ganz und gar ausfüllt. Liebte sie mich, weil es ihr an etwas Besserem mangelte oder um meiner selbst willen? Hier hat man nicht viele Möglichkeiten zu wählen, obwohl es Männer genug gibt, Soldaten etwa.

Wären Aleksandra oder Vera imstande, aus Liebe zu töten? Kann man sich vorstellen, wie sich eine Frau in der Dunkelheit aus dem Haus schleicht, ausholt und mit einem Ziegelstein zuschlägt? Gewiß! Hier sind schon Frauen auf Karren gebunden worden, die aus Liebe oder Eifersucht getötet haben. Vielleicht ist es leichter, jemanden vollständig zu verlieren, als ihn einem anderen Menschen zu überlassen?

Schmeichle ich mit diesen Gedanken womöglich nur mir selbst?

Auf der rechten Straßenseite steht ein grau-verblaßtes Haus. Das Schindeldach hängt herunter, aber im Garten sprießen Pflanzen, Sträucher und Blumen. Eine Frau mit Kopftuch trägt einen Wassereimer über das Grundstück. Sie bemerkt mich nicht. Im Universum des Kopfes dreht sich alles um mich.

Amurland, Eldorado. Kann man glücklicher werden? Ich sitze im Garten, den Strohhut auf dem Kopf. Die Birke flüstert. Ist das eine *Betula pendula?* Gantz wüßte es. Ich bin weit gereist, so weit es geht: Das ist Sibirien. Ich denke wieder an den Mann auf dem Bahnhof von St. Petersburg, der die Koffer trug.

In einer kommenden Zeit wird der Mensch mit Hilfe der Steinkohle womöglich schneller als ein Gedanke auf den australischen oder amerikanischen Kontinent reisen können. Vielleicht löst er sich von Tellus' Gefilden und fliegt mit dem Luftschiff Saturn, Venus und dem Mond entgegen, und schaut von dort auf die Erdkugel. In der Höhe des Universums gibt es kein rechts und kein links mehr, kein Ost und kein West.

Der Strohhut hält die Gedanken nicht zusammen. Wer wollte mich umbringen? Ich frage und frage. Ich denke an Vater Spiros, den Mann Gottes. Ich denke an den Chinesen, der ebenfalls von der Steinkohle wußte.

Geologie! Ich habe Kommandant Hjort angelogen. Eine kleine Lüge, die aber möglicherweise schwerer wog als die Empfehlung meines Vaters und meiner einflußreichen Verwandten, hatte man doch in Due auf Sachalin Steinkohle gefunden. Der Zwangsarbeiter Iwan Lapschin, ein Krimineller und Vatermörder, entdeckte Streifen des schwarzen Goldes. Von da an mußten Häftlinge in Due Steinkohle abbauen. An die vierzig Gefangene, die Offiziere und der Ingenieursoffizier. Aus der Steinkohle wurden Hoffnungen und Geld gepreßt, Silberrubel in Jutesäcken.

Vater Spiros bin ich zum ersten Mal im Winter 1870 begegnet, zur Zeit der schlimmsten Kälte. Das aus Balken und Brettern errichtete Gebetshaus, eine ehemalige Schule, knarrte in Frost und Wind. Reif hatte die Ecken und Türpfosten glasiert. Die gesamte Gesellschaft von Nachodka hatte sich versammelt, um sich an den Worten von Vater Spiros zu wärmen. In die Botschaft der Bibel streute er Mitteilungen und Nachrichten aus dem westlichen Sibirien, aus Wladiwostok, sogar aus St. Petersburg ein. Dank dieser Körnchen ertrug das Publikum das Feuer der Predigt und auch den Feuerstein.

Vater Spiros ist ein kleiner Mann, trocken wie Stangenholz, mit Haaren so schwarz wie Kohle und glühenden Augen. Seine Gliedmaßen sind knochendürr, aber sein Händedruck ist fest.

Im Versammlungssaal rann den Frauen das Wasser aus den Augen, und die Männer räusperten sich. Vielleicht kam das vom brenzligen Geruch aus dem Kamin oder vom Geruch der schlechten Wachskerzen. »Haben wir einen Glauben? Nein, wir haben keinen Gottesglauben, nur den Glauben an uns selbst, an die Arbeit und das Geld.« Vater Spiros fiedelte auf allen Saiten. Als Echo auf ihren hellen Klang erhielt er Einladungen zu reichgedeckten Abendbrottischen. Er redete gewieft, spielte auf das Jenseits an, aber sprach so feinfühlig von diesseitigen Dingen, daß niemand einen

Grund fand, mit anklagendem Finger auf ihn zu deuten und ihn der Irrlehre zu bezichtigen.

Fedja stolpert aus der Küchentür. Auf einem Tablett bringt er eine Karaffe Saft und ein Glas. Ich will keinen Saft!

Vater Spiros hat auch mich angesteckt. Er versuchte in mir den Glauben zu entfachen, der in Zeiten der Prüfung Sicherheit spendet. Er predigte von selbstloser Liebe und von Gottes Gnade, die dem Regen gleich auf die gequälte Seele herabfällt. Im Geiste sah ich Fern und Creutz das Land umpflügen, ein Feld, das weder schwarz noch grau, noch braun war. Sie stiefeln durch die Ackerfurchen und säen Korn. Bläst ein starker Wind, gibt es keine Krume mehr, geschweige denn Saatgut.

Was sagst du dazu, Vater? Er durchschaute mich, der ich mich mehr mit der Erwartung des Reichtums denn mit jenseitiger Gnade beschäftigte. Mein unseliger Geldmangel blieb ihm nicht verborgen, und er machte sich an seine eigene Saat. Schließlich wächst auch das Geld wie Weizen auf dem Feld. Man sät etwas davon als Samen aus, das Kapital gedeiht und vermehrt sich, und bald schon klimpern die Silberrubel so fröhlich, wie die Blätter in der Birke rascheln.

Und wir haben Steinkohle gefunden!

Es schneidet mir in die Stirn, wenn ich daran denke.

Der Teufel soll Vater Spiros und den Chinesen holen!

Sie wollten mich umbringen, um alles für sich zu haben!

Gantz kommt des Wegs. Er stapft auf der staubigen Straße herbei, mit wiegendem Gang, wie es bei dicken Menschen üblich ist. Das Gewicht fällt von einem Bein auf das andere, der Körper schwankt. Gantz hat seinen Hut nicht auf dem Kopf, sondern trägt ihn in der Hand. Die Nackenhaare sehen durch den Schweiß dunkel aus, und der blanke Gipfel des Kopfes glänzt. Sein großer Schädel und seine hohe Stirn sind ebenso zerbrechlich wie die meinen! Er ist der einzige Mensch auf der Welt, der in meinen Kopf geblickt hat. Er hat mich verbunden, gepflegt, hat mir Fieber und Puls gemessen. Ich bin ihm dankbar, aber ich liebe ihn deshalb nicht. Das Messer schnitt bis ins Gehirn. Gantz weiß, daß sich der Mensch nicht unter der Schale seines Schädels verbirgt. Wo aber dann? Er wird sich darüber kaum Gedanken machen, sondern mich nehmen, wie ich bin. Er ist ein warmherziger Mensch. Wenn er die Jahre seines Dienstes erfüllt hat, wird er sicherlich nach Helsinki zurückkehren, vielleicht mit einem Seufzen, und sich wieder bei seiner Frau zu Hause fühlen. Die Töchter werden auch ohne ihren Vater erwachsen geworden sein.

Gantz bemerkt mich, winkt mir mit dem Hut zu und kommt herein.

Wenn ich nicht an Geld denke, denke ich an Liebe.

Wenn wenigstens der Verstand eine Rettung wäre. Das Herz macht Sprünge, und das Gemüt treibt dahin.

Ich trinke den Saft nun doch, er ist übersüß.

Aleksandra verfügt über Intelligenz, Wissen, Gelehrsamkeit. Damit ist bei unseren Leuten hier nichts anzufangen, an Samtrosetten, Spitzen, Duftwässerchen, Gerüchten, Champagner besteht mehr Bedarf. Sie führt zwei Leben, das eine, das Pflicht ist, und das andere, das sie führen möchte. Von diesem rührt ihr Ruf, das Geflüster in den Küchen und Salons. Ich verstehe nicht, warum sie einst Viktor Petrow geheiratet hat, diesen schwerfälligen Mann, der nicht zum Rechnen fähig ist. Ich habe nie zu fragen gewagt.

Ich tue Aleksandra Unrecht, wenn ich zuerst daran denke, was sie mir mit ihrem großen, weißen Körper gegeben hat. Ich schäme mich, wenn ich über sie spreche wie über eine Matratze oder ein Kissen. Aleksandra hat als junges Mädchen in Moskau studiert. Sie kann Latein, Griechisch, Deutsch. Sogar mit Physik, Chemie und Astronomie kennt sie sich aus. Aber ich dachte ganz und gar nicht an Latein oder die Planetenkonstellationen, als mich eines Abends in der Diele eine heiße Hand berührte. Ich spürte die Weichheit der Haut und die Wärme des Fleisches. Unsicher dachte ich anschließend darüber nach, ob die Art des Händedrucks ein Zufall war oder ob sie eine Botschaft enthielt, in der ich noch am selben Abend, in meinem kühlen Junggesellenbett, wollüstig schwelgte. Ich überschlug, ob auch andere Männer in Nachodka derartiges träumen und sich heimlich unter der Decke anfassen. Aber was ging mich das an!

Bei den Petrows schmunzelte Jakolew verstohlen und strich sich über den Schnurrbart. Er warf den Frauen feuchte Bullenblicke zu und gab flüsternd zu verstehen, daß sie das bereits schwach mache. In meiner Ahnungslosigkeit wurde ich zornig. Ich hatte wenig Erfahrung mit Frauen, wobei ich die Frauen von Punavuori nicht mitzähle, da man sie nicht mit Blicken, sondern mit Geld anspricht.

Warum stieß mich Aleksandra ab, als sie an meinem Krankenbett saß und ihr Rock an den Armlehnen des Sessels Falten warf? Sie hatte Mitbringsel dabei und plauderte. War ich wegen Vera beschämt? Immerhin hatte ich Aleksandra zugunsten ihrer Tochter verlassen. Mein Gemüt wollte alles auswischen, was gewesen war. Was ist es, das das Verhalten eines Mannes diktiert? Der Verstand, das Herz, die Geschlechtsorgane?

In einer anatomischen Schau wurden einmal aus Wachs gefertigte menschliche innere Organe ausgestellt. Sie hatten die natürliche Größe, aber wenn man versucht hätte, aus ihnen einen Menschen zu konstruieren, wäre das Resultat ein Monstrum gewesen. Der Mensch besitzt kein einheitliches Maß, und aus Durchschnittswerten läßt sich kein Ganzes zusammenbauen. Des einen Herz ist kleiner, ein anderer besitzt eine größere Lunge. Das Kombinieren des Normalen gelingt nicht, denn die Natur läßt sich nicht austricksen.

Mitunter scheinen Verstand und Herz nicht in ein und denselben Körper zu passen.

Ich versuche zu denken. Ich mache einen Schritt vorwärts und einen zurück. Der Wind Sibiriens greift nach den Haaren und nach der Ackerkrume!

Fedja ruft mich zum Essen. Er steht auf der Veranda und formt mit den Händen eine Trompete, obwohl er mich gut sieht.

Gantz und Rosenqvist sitzen mit Servietten auf dem Schoß am Tisch.

Nach der Suppe gibt es gebratenen Barsch mit Dillsoße.

Rosenqvist erkundigt sich förmlich und den Regeln des Anstands gemäß nach meinem Befinden.

Gantz antwortet, in Kürze sei kein Strohhut mehr nötig, um meinen Kopf zusammenzuhalten.

»Bald wird es ein Fest geben, wenn der Schoner vom Stapel läuft«, erinnert uns Rosenqvist.

Dieser Schoner ist für die kleine Werft von Nachodka eine Herausforderung gewesen. Um ihn bauen zu können, wurden Männer aus Strelok herbeigerufen, nicht Fern und Creutz, sondern gelernte Zimmerleute, außerdem Koreaner und Chinesen aus noch ferneren Gegenden. Das Fest zum Stapellauf verspricht Champagner, Tanz und ein Feuerwerk. In einer Stadt, in der die Tage gleichförmig verstreichen, sucht man fortwährend nach einem Anlaß zu feiern: Geburtstage, Namenstage. Zum Stapellauf des Schoners wird Gouverneur Furuhjelm mit Familie erwartet, was zeigt, daß die Feierlichkeit weit über die einer gewöhnlichen Abendgesellschaft hinausragt.

Eines Abends belauschte ich mit einem Ohr die Frauen, die sich im Salon der Petrows über Kleider, Hüte und Bänder unterhielten. Frau Tutscheff beklagte die Langsamkeit der Postbeförderung, weshalb man nicht über die Mode in St.

Petersburg, Moskau und Paris auf dem laufenden sei. Zusammen blätterten sie in zerfledderten Zeitschriften und berieten sich mit schiefgelegtem Kopf mit ihren Näherinnen. Während die Frauen plauderten, beschäftigte sich Vera mit ihrer Kreuzstickerei oder tat so, als ob. Sie machte eine Miene, als säße sie auf einem Nadelkissen. Das Gerede der Frauen hielt sie für Unfug. Aleksandra beteiligte sich daran, obgleich sie es insgeheim belächelte. Sie nimmt das Leben, wie es ist, pfeffert es jedoch mit Ironie. Diese Gabe besitzt Vera nicht. Dennoch sind beide auf ihre Art makellos, und ich werde vor der einen wie der anderen schwach.

»Dann setzen wir uns aber in die erste Reihe, Lennart«, sagt Gantz.

Ich nicke. Sie reden noch immer von dem bevorstehenden Fest.

Rosenqvist steht als erster vom Tisch auf, macht eine Verbeugung, räuspert sich. Er begibt sich in seine Kammer und deckt sich dort bestimmt mit einer gehäkelten Decke zu. Gantz und ich lächeln. Im selben Haus zu wohnen läßt uns drei Junggesellen und den Diener zu einer Art Familie zusammenwachsen, in der jedoch jeder ungebunden lebt.

Aleksandras Leben ist kompliziert, da sie einen Mann, Kinder, Bedienstete hat, den Haushalt führen und die Bewirtung der Gäste bewerkstelligen muß. Unsere Begegnungen arrangierte sie äußerst geschickt – aus Erfahrung, wie ich vermute, aber das kümmerte mich nicht. Sollten Jakowlew und Tutscheff und die anderen doch tuscheln, was sie wollten.

Nach dem Mittagessen breche ich allein zu einem Spaziergang auf.

Gantz zwingt mich, einen Stock mitzunehmen, für den Fall, daß mir plötzlich schwindlig wird.

Ich schwenke den Stock wie ein feiner Herr auf dem Newski-Prospekt in St. Petersburg, um nicht wie ein Invalide oder ein alter Mann auszusehen. Vielleicht ist auch Eitelkeit ein Zeichen von Gesundheit?

Ich schaue mir die Häuser an, flach und wettergegerbt, von engen Gärten umgeben. Eine Katze mit eingeklemmtem Schwanz huscht über meinen Weg. Ich ziele mit dem Stock nach ihr, aber sie verschwindet in einer Zaunlücke. Andere Lebewesen begegnen mir nicht.

Der Verstand befiehlt mir, an Vater Spiros zu denken, an den Chinesen, an unser gemeinsames Vorhaben. Vergessen wir den Glauben, die Gnade und die Liebe. Bereits am ersten Tag in Hjorts Amtsräumen entzündete sich mein Herz an der Steinkohle. Der Geldmangel ist eine Ratte, die an meinem Leben und an meinem Selbstwertgefühl nagt, zumal die Amtspapiere und der Beamtenlohn nicht eintreffen wollen.

Im Herbst 1869 kam der Winter ganz plötzlich, er stürzte mir in den Nacken und löschte die Gedanken an die Steinkohle. Alle Träume wurden unter den Papierstapeln, den Kontobüchern und den verworrenen Rechnungen in Petrows Kontor begraben. Nebel, zunehmende Kälte, Schnee, Schnee. Ein weißer Deckel wurde über uns gelegt, die Kälte ließ sämtliche Ideen und Vorstellungen erstarren. Sie weckte den Faulbrand in Fingern und Zehen. Obwohl wir in einem Haus leben, das von einem Diener beheizt wird, dringt stets ein kalter Luftzug aus einer Ecke oder durch einen Fensterspalt. In jenem Winter saß ich so dicht am Feuer, wie es nur ging, ohne die Haut zu versengen. Überdies hatte ich Wollfäustlinge an den Händen und wollene Socken an den Füßen. Ich dachte an Creutz und Fern und die anderen Männer, die sich in Strelok durchschlagen mußten. Im Schein des Feuers kam ich mir wie ein altes Weib vor, aber die Erbauer des Paradieses beneidete ich dennoch nicht. Fedja reichte mir heißen Tee mit Honig, wenn ich über Schmerzen klagte.

Fern und Creutz machten sich auf den beschwerlichen Weg und kamen zu Besuch. Sie beklagten sich nicht. Sie nahmen in den Sesseln Platz, ließen sich einen Grog geben und erzählten ihre Geschichten, die mich mehr wärmten als die brennenden Birkenscheite im Ofen.

»Auf der Insel New Island im Indischen Ozean haben wir Pfauen und Papageien gesehen, die bunter waren als Papierdrachen. In den Bäumen sprangen Affen umher, Hunderte kleiner Affen mit langen Schwänzen, aber faltig im Gesicht wie alte Frauen. Am Tafelberg nahe Kapstadt brachen einige von uns zur Affenjagd auf, vermochten aber kein einziges Exemplar zu schießen. Als Nilsson schließlich den Hahn seiner Schrotflinte spannte und in einen Baumwipfel zielte, traf er. Der Affe fiel wie ein Stein zu Boden. Mit ausgestreckten Beinen lag er da, eine Pfote an die blutige Seite gedrückt. Wir bückten uns alle, um ihn zu betrachten. Sein Gesicht ähnelte dem Gesicht eines Menschen. Er sah so klein und erbärmlich aus, daß uns Trauer und Mitleid überfielen. Wir befahlen Nilsson, keine Affen mehr zu schießen. Es war, als wäre der eigene kleine Bruder erschossen worden«, erzählte Fern.

Creutz ist nicht so weichherzig wie Fern. Er erzählte von den Tigern. Als die Expedition Strelok erreichte, war gerade Paarungszeit. Aus den Tiefen des Waldes hörte man wilde Schreie. Am Fluß Amur spricht man über die Tiger wie in Finnland über die Bären. Ihre Greueltaten sind gefürchtet, dennoch will jeder Mann seine Kräfte mit ihnen messen. Die Tiger schleichen durch die Täler, in ihrer Gestalt verbirgt sich, wovor man sich ängstigen und was man gewinnen kann.

»Eines Tages nahm ein Tiger die Witterung einer Kuh auf

und machte sich daran, sie zu verfolgen. Aber das alte Vieh war in der Nähe des Stalles. Es gelang der Kuh, mit den Hörnern die Tür aufzustoßen und hineinzuschlüpfen. Die Tür blieb jedoch einen Spaltbreit offen, so daß der Tiger hinterherkam. Dann schlug die Tür zu, und in der Dunkelheit des Viehstalls brachte der Tiger die Kuh mit Prankenhieben ums Leben. Als er den toten Leib vor sich hatte, begriff der Tiger, daß er in der Falle saß. Der Lärm im Stall hatte uns aufgeweckt, und wir setzten alle Männer, die ein Gewehr hatten, in Bewegung. Nilsson und einige andere kletterten mit Lampen in der Hand auf das Stalldach, wo sie ein Guckloch zwischen den Schindeln freilegten. Der Tiger kauerte in einer Ecke, seine Augen glühten wie Holzscheite. Er wurde mit einem Schuß getötet. Er war groß, sein Rumpf maß mindestens sieben Fuß und der Schwanz noch einmal soviel«, berichtete Creutz.

Wenn ich ihren Erzählungen lauschte, vergaß ich den Schmerz.

Creutz und Fern wiederum wollten Geschichten aus den gesellschaftlichen Kreisen von Nachodka hören, von Diners und Tanzveranstaltungen, von Spieleabenden und von Frauen.

Bei den Petrows wird Whist und Preference gespielt, man ißt salzige Häppchen und trinkt Schaumwein und Grog. Vera oder das deutsche Fräulein spielt Klavier. Meine Geschichten hörten sich belanglos an, aber ich begriff, daß sich die Männer aus Strelok in der Wärme der alltäglichen Geschehnisse aalten wie ich mich in der Glut ihrer Abenteuer. Ich fragte mich, wo es besser war, hier oder dort. Wir tauschten Erzählungen aus, denn jeder besitzt nur ein Leben, und ohne die Geschichten der anderen wäre es noch weniger.

Fern und Creutz brachen am nächsten Tag auf, und wehmütig begleitete ich sie ein Stück. Das Weiß des Schnees brannte in den Augen.

Um mich herum summt der Spätsommer. Langstielige Gräser biegen sich im Wind. Die Sonne scheint staubgolden. Leicht greift der Schritt aus, und der Stock schwingt. Steinkohle. Ich sollte darüber nachdenken und nicht wie ein Greis Erinnerungen nachhängen. Verstand und Strohhut, haltet den Kopf im Zaum! Leichten, flatterhaften Sinnes wird man nicht reich. Geld macht schwer, und die Füße stehen stabil auf der Erde.

Des einen Tod, des anderen Leben. Dachte so auch mein Mörder?

Hjort starb im letzten April. Mir wurde auferlegt, ein Telegramm nach Wladiwostok zu bringen, von wo es nach St. Petersburg geschickt werden sollte. Der Text enthielt schöne Worte über den Verstorbenen, aber nichts konnte meine Meinung von ihm ändern. Er war selbstsüchtig, schroff, versprach mehr, als er gab, behandelte alle wie Untertanen und freundete sich mit niemandem an. Mir konnte es egal sein, was offiziell über ihn gesagt wurde, ich war bloß Bote. In mir gärte etwas anderes: Steinkohle, Steinkohle! Ein Geheimnis, das der Öffnung in meinem Kopf nicht entwichen ist, weder im Schlaf noch im Fieberwahn, da bin ich sicher. Hjorts Tod ist das Siegel dieses Geheimnisses.

Wir haben Steinkohle gefunden.

In meinen Augen schimmerten die schwarzen Linien schöner als Gold. Gold! Gewiß, in Sibirien wird auch Gold gefunden. Jeden Sommer kommen hoffnungsfrohe Goldwäscher ans Flußufer, um Körnchen zu sammeln. Eine geringe Ausbeute, bloß für die private Sammlung, sofern man nicht auf eine ganze Ader stößt. Wir stießen auf eine Steinkohleader. In der Steinkohle liegt die Zukunft, in Schiffen, Eisenbahnen, Fabriken, im Dampf und in Maschinen, die über kurz oder lang allesamt durch Steinkohle in Betrieb gehalten werden würden.

Um die Steinkohle finden zu können, brauchte es einen Mann Gottes, Vater Spiros, auch wenn der Hinweis nicht vom Himmel kam, sondern von einem chinesischen Bergbauingenieur. Ein seltsames Gespann. Wenn Vater Spiros seine kirchlichen Zeremonien abhielt, saß der Chinese in der hintersten Reihe, offenbar in Gedanken versunken. Vielleicht dachte er an seinen eigenen Gott, an Buddha oder Konfuzius, von denen ich nichts weiß. Vermutlich führte er in seinem Kopf Messungen und Berechnungen durch.

Vater Spiros wußte, welchen Auftrag mir Hjort gegeben hatte. Mir waren Soldaten und koreanische Arbeiter als Hilfstruppen versprochen worden. Wie gesagt, der erste Herbst war verlorene Zeit, und der Winter war schneereich und eisig und lang. Im Frühherbst 1870 suchte mich überraschend Vater Spiros mit dem Chinesen auf. Mit der Mütze in der Hand standen sie an der Tür zu Petrows Kontor. Petrow selbst war fort, »kurz auf Besuch«, wie er es nannte. Damit war eine üppige Witwe im Randbezirk von Nachodka gemeint. Aber Vater Spiros wollte ja auch mit mir reden. Der Chinese nickte nur und schwieg, obwohl er ebenfalls Russisch konnte. Ich ahnte, daß sie nicht gekommen waren, um über Gottes Liebe und Barmherzigkeit zu sprechen. Ich bat sie herein, in Petrows Zimmer, schloß die Tür und nahm auf Petrows Stuhl Platz. Sie setzten sich auf die Stühle neben der Tür, wie Antragsteller. In Wahrheit sollte es sich um eine geschäftliche Besprechung handeln.

Seine göttlichen Verkündigungen trug Vater Spiros stets ausschweifend und schönrednerisch vor, jetzt aber kam er unumwunden zur Sache.

»Dieser Freund hier« – er wies auf den Chinesen, der daraufhin den Kopf neigte –, »dieser Freund glaubt zu wissen, wo man Steinkohle finden kann.«

Bis heute kenne ich den Namen des Chinesen nicht.

»Und dir, Lennart, ist meines Wissens der Auftrag erteilt worden, auf Rechnung des Staates Steinkohle zu suchen«, fuhr Vater Spiros fort.

Ich nickte auf dieselbe Weise wie der Chinese.

»Ich bin gekommen, um dir einen Vorschlag zu machen. Der Chinese ist Bergbauingenieur. Er hat die nötigen Kenntnisse und Fähigkeiten. Mit deiner Hilfe erhalten wir Hilfskräfte für die Sucharbeiten. Drei Männer allein können kein großes Areal durchkämmen. Wir bündeln die Kräfte.«

Seine schwarze Gestalt glühte vor Erregung wie auf dem Höhepunkt einer Predigt. Ich begriff immer noch nicht. Mein Verstand arbeitete langsam. Warum war Vater Spiros hierhergekommen, um mit mir zu sprechen? Warum sprach er nicht direkt mit Hjort, wo der doch offensichtlich mehr wußte als ich? Natürlich war ich verdrossen und enttäuscht, daß es diesen beiden vor mir gelungen war, meinen Schatz zu finden, sich ihn unter den Nagel zu reißen und damit die Zukunftshoffnung zu Geld zu machen, deren Erfüllung ich noch nicht einmal in Angriff genommen hatte.

Vater Spiros stand auf, trat an mich heran und beugte sich zu mir herab, so daß ich den Knoblauch in seinem Atem riechen konnte.

»Ich habe, wir haben eine Idee, die brauchbarer ist als Hjorts Plan«, flüsterte er, obwohl zum Flüstern keine Notwendigkeit bestand, denn wir waren zu dritt im Zimmer.

Er zog seinen Stuhl näher an Petrows Tisch heran, so daß wir uns nun wie Geschäfts- und Verhandlungspartner gegenübersaßen.

Ich solle Hjort bitten, mir zum Durchkämmen des Geländes Männer zu unterstellen, wie es versprochen war. Allerdings solle ich ausschließlich nach Soldaten verlangen, die bekanntlich untertänig und von schlichtem Gemüt seien. Koreaner dürfe ich keine nehmen, die seien schlau und kenntnisreich. Der Chinese kenne ein Gebiet, das abzusuchen sich lohne, aber zum Schein würden wir verschiedene Stellen prüfen, würden sogar absichtlich vergebliche Arbeit verrichten, bis wir dorthin gelangten, wo die Steinkohlestreifen bis an die Erdoberfläche stießen. Die Soldaten würden derweil das Gelände durchkämmen, aber, so sagte Vater Spiros, unter jenen Dummköpfen befinde sich keiner, der etwas begreifen werde, selbst dann nicht, wenn wir auf eine Goldader stießen. Hjort gegenüber müsse ich schließlich die Arme ausbreiten und um Entschuldigung für die erfolglose Suche bitten. Die Soldaten würden in ihre Kasernen zurückkehren und von dort weiß Gott wohin. Ich verstand immer noch nicht, worauf dieses Schauspiel hinauslief. Gewiß, ich besaß den Geist eines Geschäftsmannes, aber womöglich nicht genügend Weitsicht, Wissen und Schlauheit. Vater Spiros ist ein erfahrener Mann und hat diese Fähigkeiten, sei es dank der Gnade Gottes oder der Gier.

»Warum dem Kaiser geben, was man in die eigene Tasche stecken kann?!« sagte er.

Er hatte recht. Aber es jagte mir einen Schauer über den Rücken, ihn das Wort der Bibel so verdrehen zu hören, obgleich ich ganz und gar nicht gläubig war.

Ich muß mich am Straßenrand niedersetzen. Mir ist schwindlig. Ich wische mir den Schweiß und den Staub von der Stirn. Mich friert, und gleichzeitig schwitze ich. Das weiße Taschentuch hat Vera bestickt. Welch eine Ironie.

Vater Spiros erläuterte mir die Einzelheiten seines Plans. Wie und mit wessen Hilfe er ihn entwickelt hatte, weiß ich nicht, aber an Männern seines Schlages besteht als Ratgeber kein Mangel; oft merken sie nicht einmal, daß sie Hinweise geben.

Vater Spiros, der Chinese und ich würden eine Bergbaugesellschaft in St. Petersburg gründen, jeder steuere Eigenkapital bei, demgemäß später auch der Gewinn geteilt werden solle. Wir würden unsere eigene Eroberung machen. Von Sachalin, aus dem Woiwodschaftsgefängnis, bekämen wir Zwangsarbeiter zum Kohlebrechen. Zu dieser Arbeit würden sie auch in Due herangezogen. Der Chinese werde die Arbeiten beaufsichtigen. Vater Spiros sagte, es sei ein leichtes, für eine Gesellschaft, die im östlichen Sibirien tätig sei, besondere Vergünstigungen zu erhalten. Das liege im Interesse des Zarenreichs. Die Arbeitskräfte bekomme man billig, halb umsonst, auch werde man uns Land zum Lagern der Kohle zur Verfügung stellen, ohne dafür Geld zu verlangen, dazu kostenloses Baumaterial. Arbeitsgeräte und Werkzeug dürften wir zollfrei herbeischaffen. Und der Preis der Steinkohle? Vater Spiros schätzte, daß das Zentralamt für Seeschiffahrt für jedes Pud wenigstens zehn, zwanzig Rubel, vielleicht sogar mehr an die Gesellschaft zahlen werde, abhängig von der Konjunktur natürlich. Wie hört sich das an? Er lächelte und verströmte dabei seinen Knoblauchgeruch. Auch der Chinese schien zu lächeln, obwohl in seinem platten, gelben Gesicht kein einziger Muskel zuckte.

Ich drehte Petrows Schreibfeder in meiner Hand.

Ich starrte auf die Papiere, die vor mir lagen, als wäre eines darunter, auf das ich nur meinen Namen schreiben müßte, und schon nähme von dieser Unterschrift eine Steinkohleader ihren Anfang.

Ich blickte auf die Uhr und erhob mich. Vater Spiros und den Chinesen forderte ich auf, Petrows Raum zu verlassen, dann ging ich selbst und schloß die Tür. Ich hatte Angst, unsere Worte könnten wie Fliegen im Zimmer zurückbleiben und flüsternd alles verraten. Wir vereinbarten ein Treffen am Abend, dann, wenn Vater Spiros seine Predigtzeremonie beendet hätte. Ich machte einen Spaziergang, obwohl schwerer, kalter Nebel in der Luft hing. Ich wollte meinen Kopf auslüften, der sich durch Vater Spiros' Vorschlag mit brodelnden Gedanken gefüllt hatte.

»Wir müssen langsam und mit Bedacht vorgehen, wie ein Tigerjäger«, sagte Vater Spiros später, nachdem ich auf seinen Vorschlag zustimmend geantwortet hatte.

Er witterte meine Ungeduld, meine Erregung und meinen Geldmangel.

Später im Herbst gingen wir seinem Plan gemäß vor.

Seltsamerweise zitterte mein Blick nicht und senkte sich auch nicht zu Boden, als ich Hjort die Bitte um fünfzehn Soldaten für die Suche nach Steinkohle vortrug.

Er nickte und fragte nicht weiter, denn aus seiner Sicht erfüllte ich nur seinen Befehl. Sechs Wochen später, als ich nach Abschluß der Arbeiten mitteilte, daß die Suche ergebnislos gewesen sei, war Hjort verärgert. Er zuckte mit den Schultern und drehte sich auf dem Absatz um. Die Audienz war beendet. Ich log. Vater Spiros und der Chinese hatten recht gehabt. Die Soldaten begriffen nichts, im Gegensatz zu uns. Wir wußten Bescheid. Niemand sonst weiß, wo die Steinkohle darauf wartet, gebrochen zu werden, niemand sonst weiß von der Zeche, die sie in Silberrubel verwandeln wird.

Ich log Hjort an, aber nicht das war es, was mich quälte. Es war die Frage, wo ich das notwendige Kapital hernehmen sollte.

»Wie ein Tigerjäger«, wiederholte Vater Spiros, als ich ihm meine Lage offenlegte. Das habe keine Eile, erklärte er, Langsamkeit sei Trumpf, ansonsten werde nur Mißtrauen geweckt. Wir müßten abwarten, und in der Zeit könne ich mir das Geld beschaffen.

Er versprach, in meinem Namen mit dem Juden von Wladiwostok zu sprechen. Der könne mir Geld gegen das künftige Erbe meines Vaters leihen. Der Gedanke entsetzte mich. Es kam mir vor, als würde ich dem Oberstvater bei lebendigem Leib etwas abnagen. Vater Spiros lachte darüber, wie kindisch ich war.

Immer noch schwitze und friere ich. Als hätte Vater Spiros bereits im Herbst 1870 gewußt, daß der Oberstvater im Januar 1871 ein toter Mann sein würde – obwohl die Nachricht von seinem Ableben erst zu Beginn des Sommers eintraf, als auch Hjort längst gestorben war. Des einen Tod, des anderen Leben, sage ich vor mich hin. Und mein Tod, der Mordanschlag auf mich? Zu wessen Leben wird er? Zu viele Gedanken.

Ich stehe vom Straßenrand auf. Die Sonne geht bereits unter, und die Luft ist voller Gerüche, als entlockte die Kühle den Dingen stärkere Extrakte. Ich atme tief ein, und ich sehne mich nach Vera, nach ihrer Leidenschaft, als wäre sie Wasser, mit dem sich das Fieber aus dem Gehirn spülen ließe. Ich sehne mich auch nach Aleksandra, in deren Schoß ich alles, was ich getan habe, legen könnte. Mit der Pinzette würde sie die schwierigen Fragen aufnehmen und in eine Ordnung bringen. Sie fände eine Logik und Erklärungen. Sie würde mich von dem Übel erlösen, das mich bedrängt, indem Reue, Begierden, Vorstellungen und Erinnerungen sich zu einem klebrigen Gewirr verschlingen.

Die Gerüche des Abends brennen in den Augen. Ich habe Vera wie Aleksandra verloren, weil ich nicht richtig zu leben verstehe.

Ich sitze mit Vera im Garten. Am Apfelbaum hängen unreife Früchte und in den Rosenhecken rote Hagebutten. In Petrows Haus ist es still, denn Aleksandra ist mit den älteren Jungen zum Anwesen der Furuhjelms gefahren. Vera ist zu Hause geblieben, weil der jüngste Knabe einen kranken Magen hat. Zwar gibt es das deutsche Fräulein und die Bediensteten, aber Vera wollte nicht mit. Wir sitzen auf der Veranda im Schatten. Am Straßenrand hoffte ich noch, Vera könnte mein Gehirn mit klarem Wasser kühlen. Nun tut sie es auf andere Art, als ich es mir vorgestellt habe. »Ich werde nach St. Petersburg gehen, um zu studieren«, sagt sie.

Ich erwache aus meinen Grübeleien. Tatsächlich habe ich mich nie gefragt, was sich Vera wünscht. Ich habe ihr in den Schoß gelegt, was ich mir als gemeinsame Zukunft vorstelle.

»Wann fährst du?«

»Nächsten Monat, im Oktober. Ich habe keine frühere Reisemöglichkeit bekommen«, antwortet sie.

Ich sehe sie von der Seite an, sie hat mehr von Aleksandra an sich, als ich dachte. Ich kenne die Frauen nicht, ich verstehe sie nicht. Die Frauen sind für mich immer das gewesen, was mir fehlte, das Gegenüber auf einer Wippe. Aleksandra und Vera.

Aleksandra hätte ich von dem Steinkohlevorhaben erzählen können, auch von meinem Betrug. Sie wäre nicht erschrocken gewesen und hätte es mir nicht verübelt. Um bei Verstand zu bleiben, ist sie selbst untreu geworden, hat betrogen und gelogen. Der Raum der reinen Ehrlichkeit ist eng. In den Augen vieler Frauen von Nachodka ist Aleksandra unmoralisch. Aber die Tugendhaftigkeit dieser Frauen gleicht einem Reifrock, mit dem man nur seitlich durch die Tür paßt. Die Begriffe werden dehnbar, wenn man ein Mittel erfinden muß, um am Leben zu bleiben. Auf eine Lüge läßt sich leicht eine weitere Lüge bauen und ein Betrug; so entsteht ein Gebäude, das stabil ist wie ein Blockhaus. An verschiedenen Orten legt man verschiedene Maßeinheiten an. In den Helsinkier Wirtshäusern mit den weißen Tischdecken führten wir Gespräche über Recht und Gesetz, der Buchstabe des Gesetzes wurde mit Gabelzinken auf Leinen geschrieben, und der Geist des Gesetzes stieg aus der Flasche. Damals hatte uns noch nichts auf die Probe gestellt.

Jetzt bereue ich. Ich will aus dem Vorhaben mit Vater Spiros und dem Chinesen heraus! Steinkohle ist Kohle, sie ist schwarz und hinterläßt Flecken, auch wenn sie sich im Veredlungsprozeß des Handels in Silber verwandelt. Von Aleksandra erhoffe ich mir Toleranz und von Vera Vergebung. Beiden sage ich kein Wort. Ich vergleiche mich mit dem, der mich zu töten versucht hat, und verstehe nun, daß die schwerste Last eines Verbrechens darin besteht, niemandem davon erzählen zu können.

»Ich werde dich sehr lange nicht sehen«, sage ich zu Vera.

»Ja, Lennart, das stimmt. Von dort reist man nicht zu Weihnachten nach Hause.«

Ich nicke, ich muß weinen; seit dem Anschlag kommen die Tränen leicht, als sei ein Damm gebrochen.

»Weine nicht«, sagt Vera.

» Es macht mich traurig«, entgegne ich.

»Traurig! Traurig ist es hier, wenn der Winter kommt und der Schnee und das Eis. Aber du wirst jemanden finden, der dich wärmt. Dann wirst du schwitzen.«

Sie spricht im Zorn. Ich weiß nicht, was ich antworten soll, denn ich bin schuldig. Ich möchte sie um Vergebung bitten, aber ich weiß nicht, wofür. Dafür, daß ich liebte, oder dafür, daß ich liebe? Stets zuviel oder zuwenig. Schuldig und verschuldet.

»Das Jahr über hast du mit meiner Mutter geschlafen«, sagt Vera.

»Ich wollte es dir nicht sagen, um dich nicht zu kränken.«

»Du hast gedacht, was du mir nicht erzählst, kränkt mich nicht. Ich habe es von Aleksandra selbst gehört.«

»Hat sie es dir aus Rache gesagt?« frage ich.

»Nicht aus Rache und auch nicht, um mich zu kränken, sondern um mich zu warnen, wie es sich für eine Mutter gehört«, entgegnet Vera.

Im weißen Gartenpavillon von Mariensk lehnte sich Vera an meine Schulter. Glitzerndes Wasser. Dürfte man doch noch einmal von vorne anfangen, Kind sein. So sorglos wie das kleine Mädchen, das durch den Heckenzaun gerannt kam. Ich renne, ja, ich renne! Nichts kann ausgewischt werden, ich habe an mir zu tragen und an diesem Augenblick, an Veras Gesichtsausdruck. Von mir selbst gibt es keine Verzeihung und keine Gnade. Was die Gnade des Gottes von Vater Spiros angeht – davon weiß ich nichts. Vielleicht hat ihm sein Gott die Steinkohle gezeigt und hilft ihm nun, den Abbau in Gang zu bringen.

»Ich warte auf dich!« sage ich zu Vera.

»Gewiß, du wartest. Zeit ist ja nichts anderes als das. Wir

wissen nicht, was sie bringt. Eine dunkle Wolke transportiert Regen und Gewitter, aber die Zeit, was ist das? In St. Petersburg herrscht eine andere Zeit als hier. Du glaubst, daß Frauen warten, aus dem Fenster starren und das Kinn auf die Hand stützen. Nein, die Zeit zieht weiter.«

Ich kann nicht antworten. Ich weiß nicht, ob ich Vera verstehe. Vielleicht verstehe ich sie ja.

Ich habe gewartet, immer habe ich darauf gewartet, daß etwas geschieht. Morgen, an der nächsten Ecke, hinter der Ecke. In der Art eines Kindes warte ich darauf, daß sich die Wünsche erfüllen, indem man einen Baum schüttelt. Vielleicht werde ich nicht bereuen, vielleicht werde ich mich in Vater Spiros' Vorhaben stürzen, ob richtig oder falsch. Ich verrichte meine Arbeit auf meine Weise. Aber wenn ich mich in die Liebe und in geschäftliche Dinge stürze, verursache ich doch nur Trauer und Scham, mir selbst und anderen! Wozu tauge ich überhaupt? Was habe ich mir mit all dem erworben? Einen Schlag auf den Schädel! Warum hat er mich nicht umgebracht, warum wälze ich mich statt dessen in Schweiß und Schmerz?!

Vera bemerkt meine innere Erregung. Sie sagt nichts, sondern gießt aus der Karaffe Wasser ins Glas. Ich trinke und stehe auf, um zu gehen. Das Gespräch will nicht vorankommen. Vera hat ihren Entschluß gefaßt, sie wird fortgehen. Ich bleibe im Land des Amur zurück.

Ein goldfarbener Tag geht in die Dämmerung über.

Nach dem Abendessen läuft Gantz mit Bärenschritten im Zimmer umher. Wir zünden die Lampe nicht an und machen im Ofen kein Feuer. Die Wärme des Tages verweilt im Raum. Gantz wählt eine Pfeife aus und stopft sie sorgfältig, der Tabak duftet nach Feigen und feuchtem Herbstlaub. Rosenqvist ist in der Kaserne geblieben, Fedja geht seiner eigenen Wege. Wir sitzen im Wohnzimmer, ich lehne den Kopf gegen die Rückenlehne des Stuhls, für die irgend jemand einen Schonbezug aus Spitzen gehäkelt hat. Gantz setzt sich in den Schaukelstuhl. Es fängt an zu knirschen, als er ihn mit einem Tritt in Bewegung setzt. Wie ein altes Ehepaar hocken wir beisammen.

»Warum hast du erst Aleksandra genommen und dann wieder verlassen?« fragt Gantz.

Ich bin verblüfft. So etwas fragt er gewöhnlich nicht.

»Sie hat mich genommen«, antworte ich.

Ich verstand Aleksandras Händedruck in Petrows Entree und auf der kalten Veranda. Ich erwärmte mich daran. Ich war allein, ich hatte Sehnsucht, auch wenn ich nicht wußte, wonach. Ich wartete, aber im Hafenkontor folgte ein langer, nebliger Herbsttag dem anderen, unübersichtliche Rechnungen, viel Arbeit, wenig Lohn. Das einzige Vergnügen bestand darin, in Petrows Haus zu sitzen, zu essen und zu trinken und so zu tun, als lernte ich Russisch. Die Leute der vornehmen Gesellschaft langweilten mich, die eingebildeten Offiziere mit ihren hohlköpfigen Gattinnen oder Jakowlew, Petrows kleiner Vetter, der mit alten Witzen zu amüsieren versuchte. Sämtliche Gespräche waren schon einmal geführt, die Neuigkeiten aus St. Petersburg und Moskau wurden wiedergekäut und Spreu und Weizen zu ein und demselben Brei vermengt.

Ich lauschte Veras Klavierspiel und unterhielt mich mit Aleksandra unter vier Augen, sobald sich die Gelegenheit dazu bot. Aleksandra hörte mit Interesse, was ich über das Gesetz dachte, über den Geist des Gesetzes, über Todesstrafe und Zwangsarbeit. Ich ließ mich dazu hinreißen, große

Worte zu machen, wie mit Fern und Creutz und Holm einst am Wirtshaustisch. Womöglich war Aleksandra von meinem Eifer belustigt, sie zeigte es jedoch nicht. So durfte ich mein Gehirn auslüften, das im Kontor Staub ansetzte. Als sich die Offiziersgattin Marie Schlack als Zuhörerin aufdrängte, wurde ich zornig und verstummte. Aleksandra ließ unser Thema fallen, wandte sich der Dame zu und fragte, ob sie den Unterschied zwischen *schneller* und *träger* Verbrennung kenne. Frau Schlack errötete.

»Nein, wahrhaftig nicht.«

Aleksandra erklärte es:

»Zur *trägen* Verbrennung kommt es, wenn Eisen unter den Einfluß der Luft gerät und rostet, wenn helle Metalle dunkel werden und wenn sich organische Stoffe durch Verrotten auflösen. Dann vollzieht sich eine *träge* Verbrennung, ein Verzehren ohne Flammen und Hitze, allein unter der Einwirkung von Sauerstoff.«

Frau Schlack errötete noch mehr. Ich mußte lachen, denn ich dachte an das Wort aus der Bibel: »Es ist besser zu heiraten, als sich in Begierde zu verzehren.«

Unser Verhältnis schritt als eine Folge von aufblitzenden Momenten des Einverständnisses voran. Langes Händedrücken beim Abschied. Eines Tages nach Dreikönig überreichte mir Lebed im Kontor eine Nachricht mit der Aufforderung, schnell zu Petrows Haus zu kommen. Ich war nicht überrascht. Petrow war nach Nikolajewsk gereist. Aleksandra öffnete die Tür. Im Haus war es still, kein Kindergeschrei war zu hören, auch nicht das Rufen der Bediensteten. Aleksandra ergriff meine Hand und führte mich in ihr Boudoir, wo ein Feuer im Ofen brannte. Selbst ein Trottel von meinem Format brauchte keine deutlicheren Zeichen. Ich lag in Aleksandras Armen. Das Feuer glühte. Aleksandras Körper glühte. Ich fühlte mich, als sei ich mitten in Sibirien unter Schnee begraben. Es war nicht kalt in diesem Schnee, er umgab mich wie ein Iglu, der die Wärme speichert und den Hauch des Atems. Dieser Augenblick verdichtete das, was vor Wochen im Salon in der Luft gelegen hatte, für alle Augen sichtbar und für alle Ohren zu hören. Die einzelnen Augenblicke voneinander abzugrenzen ist Sache der Leute, die vor lauter Neugier und Tugendhaftigkeit unter die Decke der anderen spähen wollen.

Ich versuche, Gantz all das zu erzählen, in diesem Zimmer, dessen Dämmerlicht das Sprechen leichter macht.

»Sie nahm dich, und du hast sie verlassen«, sagt er.

»Nein, ich habe mich von ihr gelöst.«

»Wegen Vera?«

»Ja, gewiß.«

»Aleksandra ist eine leidenschaftliche und intelligente Frau. Vielleicht konnte sie es nicht ohne Rache zu Ende bringen«, sagt Gantz.

Sein Gesicht treibt im Qualm.

»Was meinst du damit?« frage ich. »Du meinst doch nicht etwa, Aleksandra würde mich eher töten, als mich einer anderen zu überlassen?«

Der Gedanke schmeichelt mir, aber er ist unmöglich.

»Ich weiß nicht. Es sind allerdings schon merkwürdigere Dinge geschehen ... Befänden wir uns in Helsinki, Viipuri, St. Petersburg ..., dann könnte man sich das von einer Frau wie Aleksandra nicht vorstellen. Sie hätte die Möglichkeit zu wählen. Es gäbe die gesellschaftlichen Kreise, junge Burschen, schöne und kluge Männer. Hier aber ist alles anders, abgeschlossen, eingeschränkt. Denk nur an den Liebhaber der untreuen Frau, dessen Leichnam im offenen Sarg durch die Stadt getragen wurde! Du philosophierst über Recht und Gesetz, aber du hast selbst gesehen: Das Gesetz mag hier dasselbe sein wie anderswo in Rußland, doch seine Auslegung ist eine völlig verschiedene«, sagt Gantz.

Mir brennen die Wangen. Ich weiß. Ich selbst habe das Gesetz auf meine Weise ausgelegt.

»Du hast dir also Gedanken über meinen Mord gemacht«, sage ich.

Gantz schaukelt heftiger. Seitdem ich auf dem Weg der Genesung bin, haben wir über die Angelegenheit so gut wie nicht mehr gesprochen. Gantz wollte meinen Kopf schonen, und ich habe nicht erzählt, worüber ich nachdenke.

» In dem Anschlag lag Leidenschaft, aber auch eine gewisse Zufälligkeit. Kein ausgetüftelter Plan«, sagt Gantz.

Ich geniere mich. Ich will ihm meine eigenen Gedanken nicht mitteilen. Ich kann nicht von Vater Spiros, dem Chinesen und den Schulden in Wladiwostok sprechen. Ich will sein wohlwollendes Gemüt nicht belasten.

Die Unterhaltung gerät ins Stocken. Gantz steht auf und zündet das Licht unter dem grünen Schirm der Lampe an. Die Schatten springen in die Zimmerecken. Im Lichtschein wirkt alles, was gerade gesprochen worden ist, unwirklich. Dies ist ein kultiviertes Heim, obgleich es das Haus von Junggesellen ist. Kultiviert ist auch Petrows Villa mit ihren Kaminschirmen, ihrem Porzellan, ihren Pianos. Das Land hingegen ist wild. Tiger schleichen durch die Finsternis, im Gebüsch halten sich Räuber und Mörder versteckt. Das Licht der Zivilisation schließt das Böse von unseren Kreisen aus, ganz so, wie das Erwachen die Alpträume verfliegen läßt. Gantz nimmt ein Buch aus dem Regal und beginnt zu lesen.

Da erinnere ich mich an etwas, was ich schon fast vergessen hatte: an den Schlüssel.

Ich muß den Schlüssel suchen! Ich bin jedoch nicht so unvernünftig, in die Nacht hinein zum Brachland aufzubrechen. Das Opfer kehrt nur bei Tageslicht zum Tatort zurück.

Früh am Morgen stehe ich auf. Fedja klappert in der Küche mit dem Kessel. Ich nehme den Duft des Tees wahr, aber ich bin so aufgeregt, daß ich das Frühstück nicht abwarte, sondern mich rasiere, mir das Gesicht wasche, mich ankleide und nach draußen verschwinde. Das Gras ist feucht vom Tau, die Wolken ziehen tief. Ich habe meinen Spazierstock in der Diele vergessen, was macht's, die Neugier wird mich auf den Beinen halten.

Ich gehe nicht die Hauptstraßen entlang, sondern nehme die Gassen zwischen den Häusern. In einem Fenster regt sich der Vorhang. Hier kommt man nicht weit, ohne gesehen zu werden. Vor einer Tür steht ein Dienstmädchen in langem, weißem Nachthemd auf der Treppe und reckt die Arme. Sie erschrickt bei meinem Anblick, als hätte ich ihr aufgelauert. Schnell rafft sie ihren Rock und läuft ins Haus.

Ich komme zum Brachland, dem Lehmacker, auf dem hohes Unkraut sprießt, Sauerampfer, Gänsefuß, Brennesseln und Disteln. Ich erinnere mich an den Duft des Rainfarns. An den Duft der Sterne. Sie schießen mir ins Gedächtnis, daß es mich in die Stirn schneidet. Sonst erinnere ich mich an nichts.

Ich sehe Petrows Haus, das sich auf der anderen Straßenseite befindet. Auf dem Grundstück ist es still. Ich muß das Feld überqueren und die Stelle ausfindig machen, von der aus ich nach meinem Aufbruch von den Petrows über das Brachland gegangen bin. Ich stolpere auf dem unebenen Lehm, der Ampfer verdeckt heimtückisch die Löcher im Boden. Dann kehre ich um und gehe zurück, als wäre ich auf dem Weg nach Hause, wie in jener Nacht. Ich bücke mich, um die Erde zu untersuchen, fahre mit den Händen durchs Kraut und drehe Erdklumpen um. Von der Tat ist keine Spur zu sehen. Wie auch. Viele Schritte haben den Boden platt getrampelt, und der Regen hat den Lehm gewaschen. Aber wenn mir der Schlüssel hier vom Hals gefallen ist, muß er irgendwo sein! Gantz und die Polizisten haben den Ziegelstein in Verwahrung genommen, aber niemand hat nach dem Schlüssel gesucht. Selbst ich habe zunächst nicht daran gedacht. Der Schlüssel ist zu groß, um in die Schmuckschatulle einer Frau zu passen, er ist massiv und hing an einem Lederband.

»Ein Zeichen des Vertrauens …« »Die rechte Hand …« Petrow reihte Banalitäten dieser Art aneinander, während er mir den Schlüssel um den Hals hängte. Ich roch die Pomade in seinem dichten, gelockten Haar, spürte seine rauhen Hände auf meiner Haut. Noch unverbuchte Gelder werden zunächst in die Truhe gelegt, es wird eine Quittung dafür ausgestellt, erst wenn man Zeit dazu hat, werden die Kontoeingänge eingetragen, dann wird das Geld sortiert und in versiegelten Säcken aufbewahrt. Beeilung! Beeilung! ruft Petrow jedesmal, wenn ein Schiff in den Hafen einläuft. Tran, Fisch, Häute, Salz und Geld. Was an Waren kommt, wird auf dem Markt zu Geld gemacht. Unter vier Augen scherzt Petrow mitunter sogar über seine Rechenkünste, aber das bleibt innerhalb der vier Wände seines Büros. Wenn wir hinaustreten, ist er der Kommandant, und ich bin sein Adjutant, und in dieser Rangordnung marschieren wir los.

Ich drücke das Rückgrat durch, das vom Bücken schmerzt. Auf einem kleinen Lehmhügel lasse ich mich nieder, obwohl ich sofort spüre, wie das Hinterteil meiner Hose die kalte Feuchtigkeit aufsaugt.

Ein neuer Gedanke kommt mir in den Sinn. Er hat nichts mit dem Schlüssel zu tun, sondern mit Aleksandra.

Petrow ist ja nicht blind, auch wenn er noch so überheblich und von sich eingenommen ist. Was, wenn er gemerkt hat, was zwischen Aleksandra und mir geschah? So etwas kann man bemerken, erahnen, auch wenn es keine Beweise gibt. Falls er es durchschaute, machte es ihm etwas aus? Ich kenne seine eigenen »Besuche« mitten am Tag, während der Arbeitszeit. Ich kenne auch die Frau ganz genau, die Offizierswitwe mit dem dicken blonden Haar und den zwei kleinen Kindern. Davon wissen doch bestimmt auch andere, oder etwa nicht? Weiß es Aleksandra? Sie spricht mit mir nicht über ihren Mann. Wenn wir zusammen sind, existiert mein Vorgesetzter nicht einmal. Zwischen erwachsenen, kultivierten Menschen spricht man nicht über Kleinigkeiten, wenn sie die Stimmung verderben. Ist Petrow eifersüchtig? Mir wurde gesagt, das Paar habe sich bereits vor Jahren aufgegeben. In Gesellschaftskreisen geben sie sich als Eheleute, sie repräsentieren und veranstalten Abendgesellschaften, aber jeder von beiden hat sein eigenes Leben, über das nicht gesprochen wird. Das Verhältnis existiert und existiert nicht, so wie alle Dinge, die man nicht benennt.

Ein eifersüchtiger Petrow, der sich auf mich stürzt und mit dem Ziegelstein zuschlägt. Mit feuchter, lehmbeschmierter Hose stehe ich auf.

Ich überlege, wie ich den Schlüssel systematisch suchen

kann. Mit den Augen messe ich ein bestimmtes Areal ab, dann schreite ich es von einem Ende zum anderen ab, wobei ich beide Hände wie Rechen gebrauche. Ich verbrenne mir die Finger an den Nesseln und habe bald Mund und Augen voller Spreu.

»Guten Morgen«, sagt jemand.

Ich hebe den Kopf. Frau Joachimsson, die Frau des Kaufmanns. Ihr Mann war es, dem ich mit offenem Schädel entgegenging, er holte Hilfe und trug mich mit zwei anderen heim. In einem karierten Sommerkleid steht sie vor ihrem Haus. An ihrem Arm hängt ein Weidenkorb. Sie schaut mich verwundert an.

»Guten Morgen, Frau Joachimsson«, murmele ich.

Wir wissen beide nicht, was wir sagen sollen. Ich verstehe, daß ich etwas erklären sollte. Bestimmt sehe ich aus wie ein Irrer, mit meinem roten Gesicht, dem Kopfverband und den schmutzigen Hosen.

»Ich habe wohl … meine Taschenuhr verloren. Damals, in jener Nacht«, sage ich.

»Ach Gott«, entgegnet sie. »Womöglich hat der Mörder und Dieb sie genommen!«

Ich nicke. Ich will kein unnötiges Aufsehen erregen, bloß nicht über den Schlüssel reden. Ich wische die Hände an den Hosen ab. Unter den Fingernägeln sind schwarze Ränder.

»Ja, mag sein. Sie war mir ein liebes Erinnerungsstück. Aber was soll's. Sinnlos, danach zu suchen. Verloren ist verloren«, plappere ich dahin.

»Hauptsache, man hat das Leben behalten«, sagt die Frau.

»Ja, das Leben. Das ist gut«, sage ich und klinge dabei in meinen eigenen Ohren wie ein Wirrkopf.

Ich schicke mich an zu gehen, mache eine Verbeugung und verabschiede mich. Frau Joachimsson geht den Pfad entlang. Vielleicht denkt sie, daß in meinem Kopf nicht mehr alles an seinem Platz ist, auch wenn ich das Leben behalten habe. Was schadet's! Am Abendbrottisch wird sie ihrem Mann vielleicht von mir erzählen, vielleicht auch von der Uhr. Hoffentlich vergessen sie die ganze Angelegenheit bald wieder und fangen nicht an, für mich zu suchen.

Als ich nach Hause komme, hat Gantz gerade sein Frühstück verzehrt. Die Teekanne steht auf dem Tisch unter der Haube. Fedja stürmt zornig herein.

»War es nicht möglich, fünf Minuten zu warten! Die Eier und das Röstbrot sind kalt geworden. Ihr seid doch sonst nicht so früh auf. Der Doktor hat Euch befohlen, zu ruhen und nicht draußen herumzulaufen!« tadelt Fedja und kehrt mit einer kleinen, silbernen Bürste die Krümel vom Tisch auf eine Schaufel, um etwas zu tun.

»Laß gut sein. Bring mir das Ei und das Brot«, sage ich und setze mich an den Tisch, obwohl ich weder Hunger noch Durst habe.

Viele Dinge, aus denen ich nicht klug werde, muß ich durchdenken. Es gibt niemanden, mit dem ich darüber reden kann.

Ich trinke den schwarzen, bitteren Tee und esse ein Stück Brot ohne Butter und Marmelade.

Fedja schüttelt den Kopf. Auch er scheint sich zu fragen, ob ich noch ganz bei Trost bin. Erst jetzt fällt mir auf, daß meine Hände und Kleider schmutzig sind. Ich gehe mich noch einmal waschen und mich umziehen. Man muß sich organisieren, den Verstand in die Hand nehmen, wie Großmutter sagte. Ich reibe mich im Vorraum der Küche gründlich ab, wo Fedja einen Eimer warmes Wasser, eine Schüssel, Bürste und Seife hingebracht hat. Aus meinem Zimmer holt er mir saubere Hosen, ein Hemd und eine Jacke. Abermals frage ich mich, was im Kopf dieses ehemaligen Mörders vorgeht. Darf man einen Streithammel, der im Getümmel eines Wirtshauses einen anderen Mann durchbohrt hat, überhaupt Mörder nennen? Schließlich war es nur Totschlag, beinahe ein Versehen, wenn man die Sache von rechtlicher Seite aus betrachtet. In Fedjas Fall wirkte sich erschwerend aus, daß er mit demselben Mann zuvor schon einmal in Streit geraten war. Hinter ihren Bierkrügen fanden sich Zeugen, die berichteten, daß Fedja dem anderen gedroht hatte, ihn umzubringen. Als er dann zustach, war es Mord, und dafür kam man nach Sibirien.

Mein eigener Mord ist ein Mord. Niemand schlägt im Dunkeln aus Versehen auf einen anderen ein, vielmehr rüstet er sich, legt sich auf die Lauer und wartet den passenden Augenblick ab, in dem das Opfer an Ort und Stelle vorbeikommt.

Ein Mord ist eine vorsätzliche, geplante Tat.

Das Wasser, mit dem ich mich wasche, kühlt nicht den Brand meiner Gedanken.

Ich gehe in mein Zimmer, hole mein Heft hervor und starre auf die wenigen Zeilen.

Wenn der Schlüssel nicht unter dem Unkraut auf dem Brachland liegt, wo ist er dann? In den Händen des Menschen, der auf mich einschlug und mir den Schlüssel stahl.

Meine Überlegungen kehren zu Petrow zurück. Und wenn Petrow es auf den Schlüssel abgesehen hatte und zuschlug, damit er ihn bekam?

Warum? Weil er es geschafft hatte, seine privaten Geldangelegenheiten ebenso durcheinanderzubringen wie die Abrechnungen im Kontor, und darum Bargeld brauchte. Er selbst hat es so eingerichtet, daß nur ich Zugang zu der Truhe besitze, und auch das kann schon eine Intrige gewesen sein. Er gab mir den Schlüssel, versuchte mich zu töten, nahm sich das Geld und wollte den Diebstahl auf mich abwälzen, wogegen ich keinen Einspruch würde erheben können.

Dieser Gedanke erscheint mir in einem Maße wahrscheinlich, daß ich anfange, im Zimmer auf und ab zu gehen.

Warum nämlich hat Petrow nicht nach dem Schlüssel gefragt? Er läßt mich in aller Ruhe krank sein, erwähnt den Schlüssel mit keinem Wort. Vielleicht versucht er, seine Spuren zu verwischen und die Truhe aufzufüllen, bevor ich gesund genug bin, um ins Kontor zurückzukehren. Dann könnten wir uns gemeinsam über das Verschwinden des Schlüssels wundern. Wir brächen die Truhe auf, zählten das Geld, und nicht ein Rubel würde fehlen. So wäre er aus dem Schneider und den Verdacht los, das Geld genommen und jemanden erschlagen zu haben. Und ich bin nicht einmal tot.

Ich bin nicht tot. Wäre der Schlüssel da, könnte ich das Kontor aufsuchen, das Geld zählen und den Betrag mit den Quittungen vergleichen. Dann wüßte ich Bescheid. Vielleicht wiese der Finger der Schuld dann direkt auf Petrows überhebliches Gesicht.

Ich tauche die Feder ins Tintenglas und schreibe in mein Heft. Die Zeilen sehen aus wie Elsternkrallen, aber ich will meine Gedanken ordnen. Ich fahre zusammen, als Gantz an die Tür klopft. Es ist Zeit für das Mittagessen.

»Schreibst du nach Hause?« fragt Gantz.

»Ich schreibe, daß ich gut genese«, erwidere ich und schiebe das Heft in die Tischschublade.

Gantz tritt näher, um meine Stirn zu befühlen.

»Schreib nicht mit zuviel Eifer, du bekommst sonst Fieber«, warnt er.

Rosenqvist sitzt ebenfalls am Eßtisch und redet lebhafter als gewöhnlich. Zuerst erkundigt er sich nach meinem Befinden, dann fängt er wieder an, über den Stapellauf des Schoners zu sprechen. Die Garnison will Kanonen für das Salutschießen zur Verfügung stellen, die Chinesen kümmern sich um das Feuerwerk. »Ein großer Tag für Nachodka«, erklärt Rosenqvist in der ihm eigenen feierlichen Art. »Speis und Trank«, sagt Gantz. »Vater Spiros wird den Schoner segnen. Man versuchte es zunächst bei einem anderen Pfarrer, aber die Stadtbewohner verlangten Vater Spiros«, fügt Rosenqvist hinzu.

Diese Nachricht erstaunt mich. Ist Vater Spiros etwa in

Nachodka?! Das wußte ich nicht. Zuletzt trafen wir uns im Mai in Wladiwostok. Das Geld und die Papiere! Vater Spiros selbst versprach, die Papiere nach St. Petersburg zu bringen. Ist er schon wieder zurückgekehrt? Bürokratie braucht Zeit, das weiß ich sehr wohl. Ich bin besorgt. Plötzlich schmeckt mir das Huhn nach Kiewer Art nicht mehr, das Fedja aufgetragen hat und das vor Butter trieft.

»Ist Vater Spiros in Nachodka?« will ich mich versichern.

»Ja, gewiß. Aber ausnahmsweise ist er bis jetzt leise gewesen. Er liegt mit einer Halsentzündung im Bett, unter der Obhut von Frau Härd«, sagt Rosenqvist.

Ich reiste mit dem Telegramm über Hjorts Tod nach Wladiwostok. Die schönen Worte darin wogen nicht mehr als das Papier.

Ich bewunderte die hübsche Stadt, die entlang der Bucht emporwuchs. Überall wurde gebaut, Balken wurden herangeschafft und aufgezimmert, Bretter wurden festgenagelt, Dächer. Bereits in Mariensk prophezeite ein Herr mit schwarzem Schnurrbart, daß mit dem Aufblühen Wladiwostoks der Tod von Nikolajewsk besiegelt sei, doch Gouverneur Furuhjelm schenkte dem kein Gehör. Er ist Soldat und Kommandeur in einer Stadt, von deren zehntausend Einwohnern achttausend ebenfalls Soldaten sind. Auch in Wladiwostok gibt es Militär, aber da am Rande der Stadt staatliche Maschinenwerkstätten und Depots entstehen, blüht es auf.

Wladiwostok liegt so weit südlich wie Lissabon oder Rom, dennoch ist das Meer vor der Stadt vier oder fünf Monate im Jahr zugefroren. Der Hafen ist trotzdem besser als der in Nikolajewsk oder Nachodka. Als ich mich umblickte, dachte ich, daß der schwarze Schnurrbart womöglich recht hatte. Ich logierte bei Nikander, der von Strelok nach Wladiwostok gezogen war. Im Wirtshaus traf ich dann Vater Spiros, wie wir es vereinbart hatten.

War damals noch Fastenzeit, oder war sie schon vorbei? Ich kann mich nicht entsinnen. Nicht, daß sich das auf Vater Spiros' Eß- und Trinkgewohnheiten ausgewirkt hätte. In gewissen Glaubensdingen ist er streng, in anderen wiederum großzügig, vor allem sich selbst gegenüber. Wir bestellten Blinis und Kaviar, Elchbraten mit Preiselbeeren und Stampfkartoffeln, zum Dessert flambierte Pfannkuchen mit Schlagrahm. Ich weiß nicht, wann ich je so gut gegessen und getrunken habe. Ich fühlte mich gelöst und ermattet durch die Tatsache, mich außerhalb von Nachodka zu befinden. Vater Spiros plauderte über dies und das, nicht wie ein Geistlicher, sondern wie ein Mann von Welt. Der Chinese verlor nicht viele Worte, sondern vertilgte, stur auf seinen Teller blikkend, jeden Krümel, wischte mit einem Stück Brot die geschmolzene Butter und die Soße auf, Wodka und Wein jedoch rührte er nicht an.

Die schwarzäugige Serviererin hatte an unserem Tisch eifrig zu tun.

»Kaffee und Cognac!« verlangte Vater Spiros.

Wir kamen auf die Sache zu sprechen, die wir für die Dauer der Mahlzeit aufgeschoben hatten. Mein Magen drückte. Ich trank den Cognac in einem Zug.

»Der Jude hat dir einen Kredit zugesagt. Jeder von uns hat also seinen Anteil. Nun müssen nur noch die Namen aufs Papier und die Papiere nach St. Petersburg, dann ist die Gesellschaft gegründet«, sagte Vater Spiros.

Ich war erstaunt, wie leicht alles vonstatten ging, hatte ich mich doch darauf eingestellt, daß wir einige Leute in der Stadt aufsuchen und das Geschäft schmieren müßten. Ich erinnerte mich daran, wie Fern seine goldene Uhr in Plymouth versetzt hatte. Aber es gibt nun mal einen Unterschied zwischen einem großen und einem kleinen Handel. Ein großer Handel wird großzügig abgewickelt, bei kleinen Dingen wird gefeilscht, und an kleine Schulden denkt man ständig, so wie auch ich es tue.

Vater Spiros nahm eine abgewetzte schwarze Ledermappe, die am Stuhl neben ihm lehnte. Er schob Tassen und Gläser beiseite, strich die Tischdecke glatt und breitete die Papiere auf dem Tisch aus. Sein Zeigefinger mit den großen Gelenken bewegte sich von einer Zeile zur nächsten, von Spalte zu Spalte, er erläuterte, wie die Gründung der Gesellschaft durchgeführt werde, wie er das Depotgelände und die Gerätschaften zum Abbau beschaffen und mit dem Staat einen Vertrag über den Erhalt von Arbeitskräften abschließen wolle. Ich hatte mir alles angehört und auch geglaubt, es zu verstehen; auf dem Papier wirkte das Vorhaben sauber und klar, es konnte losgehen. Unter den Papieren war auch der Schuldschein, den ich für den Juden unterzeichnen mußte.

Vater Spiros zeigte mir, in welche Zeile ich meinen Namen schreiben sollte.

Er schrieb seinen eigenen Namen und der Chinese den seinen, nicht in Chinesisch, sondern mit kyrillischen Buchstaben, dennoch fällt mir nicht ein, wie der Name lautete. Die Papiere ruhten auf dem weißen Tischtuch. Ein Unternehmen, eine Gesellschaft, eine Grube, aus der man Geld gräbt. Silberrubel. In meinem Kopf perlten wilde Gedanken. Ich malte mir die Villa aus, die ich mir in Mariensk errichten ließe. Ich würde Bäume und Büsche pflanzen, Türkenbund, Tigerlilie, Eisenhut, Pfingstrosen, Rittersporn. Ich machte große Geschäfte. Ich dachte an Vera. Wir säßen auf der Veranda der weißen Villa, als wäre immerfort Sommer.

Als Vater Spiros die Unterlagen einsammelte, in seine Mappe schob und das Schloß einschnappen ließ, erwachte ich aus meinen Träumen. Ich glaubte, wir würden noch einen Cognac trinken – oder echten Champagner zur Feier des Vertrages –, aber Vater Spiros hatte es plötzlich eilig. »Nach St. Petersburg! Im Sitzen kommen die Dinge nicht voran«, sagte er, und ich kam mir wie ein Schuljunge vor.

Kaum war ich am nächsten Morgen erwacht, schmeckte ich die Getränke des Vorabends im Mund: Wodka, Wein, Cognac. Die unter den Kaviar gemischte Zwiebel ließ mich aufstoßen. Und etwas Gallenbitteres kam mir in den Sinn, woran ich nicht denken mochte: Ich hatte das Erbe meines Vaters verkauft, noch bevor er gestorben war, und ich hatte Hjort betrogen, sowohl vor seinem Tod als auch danach.

Als Rosenqvist berichtet, daß Vater Spiros in Nachodka ist, fallen mir wieder meine Zweifel ein.

Womöglich ist ausgerechnet das mein Mörder: Vater Spiros.

Vielleicht wollten er und der Chinese mich umbringen, um nur durch zwei teilen zu müssen oder aber um den Betrug zu vertuschen. Wußte Vater Spiros, daß mein Oberstvater gestorben war, noch bevor ich selbst davon erfuhr? Wo ist mein Schuldschein? Was wird mit dem Geld geschehen?

Ich werfe das Heft in die Schublade. Vielleicht werden auch diese Aufzeichnungen im Meer enden. Ich lebe in lauter Marginalien und muß den Menschen in die Augen schauen, als könnte man durch die Augen hindurch einen Blick in die Abgründe des Schädels werfen.

Die Unruhe treibt mich, im Haus umherzuwandern. Ich verweile auf der Treppe, trete in den Garten, kehre wieder in mein Zimmer zurück.

Ich bin am Leben, ich werde gesund! Ein Gefühl von Kraft steigt in mir auf. Ich bin nicht das Opfer, sondern selbst der Henker! Ich nehme mir vor, meine Opfer ruhig und gelassen ins Auge zu fassen, ich werde mein Augenmerk auf Worte, Mienen, Gesten richten. Schon kribbelt es in Beinen und Armen.

»Armer Lennart!« heißt es in einem fort. Dabei ist mir durch den Anschlag eine Aufgabe zugewachsen und meinem Leben eine Richtung. Ein unbedeutender Mensch ist nichts wert. Er kann im Straßengraben sterben, wie es Erik Holm passiert ist. Meine Bedeutung wächst mit der Aufgabe. Mir kommen die praktischen Dinge in den Sinn, das Amt und die Tätigkeit der Bergbaugesellschaft.

In einem Anflug von Energie stürze ich in die Diele, nehme

meinen Strohhut vom Brett, den Stock aus dem Ständer und gehe, so schnell ich kann, zum Stadtrand von Nachodka. Ich weiß, wo Frau Härd wohnt. Vater Spiros. Der Chinese. Ich werde sie schütteln wie Würfel in einem Lederbecher.

Bereits am Anstrich kann man die Häuser der Reichen von denen der Armen unterscheiden. Das Küstenklima, der Wind, der Regen und der Schnee fressen im Nu die Farbe von Balken und Brettern. Die Häuser der Armen sind grau und morsch. Dennoch wirken die ausgebleichten, eingeschossigen Behausungen auf merkwürdige Weise schön. Es ist, als blicke man in das Gesicht eines sehr alten Menschen. Auf den aus schlechtem Glas geschnittenen Fensterscheiben schimmert das Licht wie auf der Oberfläche einer Seifenblase. Das Gras ringsum steht hoch. Innerhalb der Einzäunungen sind Verschläge für Schweine und Hühner errichtet worden, noch wackliger als die Wohnhäuser. Wäsche hängt auf der Leine, vom vielen Waschen verschossene Kleider. Man sieht mehr Leute auf den Grundstücken als in den Gärten der Reichen. Arme Menschen haben mehr zu tun: Schweine und Hühner füttern, Wasser holen, Holz hacken. Die Leute schauen mir nach. Zwei alte Frauen lachen mit zahnlosem Mund hinter mir her. Ich bin so in Aufregung, daß ich am liebsten winken möchte.

Das Haus von Frau Härd befindet sich am Ende einer schmalen Gasse. Die Fensterrahmen sind blau gestrichen, das Gras ist geschnitten, und in den Blumenbeeten blühen Phlox und Dahlien. An den beiden Fenstern der Frontseite hängen Spitzengardinen. Das Brennholz ist sauber aufgeschichtet und mit einer Schindelabdeckung geschützt. Ich stehe an der Pforte, da bewegt sich die Hälfte einer Gardine, und eine helle Gestalt ist hinter der Scheibe zu erkennen. Als ich den Hof betrete, steht Frau Härd bereits auf der Eingangstreppe. Sie ist eine alltäglich aussehende Frau mit im Nacken zusammengebundenem hellbraunem Haar, glänzenden Wangen und einer kräftigen Statur. Sie trägt ein graues Kleid und, zu dessen Schutz, eine weiße, mit roten Kreuzstichen verzierte Schürze.

»Ihr kommt bestimmt, um Vater Spiros zu sehen. Wer von euch ist wohl mehr krank?« sagt Frau Härd.

In der Diele riecht es nach feuchtem Holz und Kartoffelschalen, die in einem Eimer als Schweinefutter gesammelt werden, aber im Wohnzimmer liegt der Geruch von Terpentin, Petroleum und Möbelwachs. Eine blühende Fuchsie hängt in einer Ampel. Die Wand ziert ein Porträt von Korporal Härd: ein Mann mit wenig Kinn, stechenden Augen und dichtem Backenbart. Frau Härd steht mitten im Raum und reibt sich die Hände.

»Vater Spiros ist nicht in der Lage, vom Bett aufzustehen. Tretet ein, die Krankheit ist nicht ansteckend!«

Ich verneige mich und folge ihr in die Kammer.

In dem kleinen Raum sehe ich Blumentapeten, Spitzenvorhänge und ein Eisenbett. Vater Spiros liegt zwischen weißen Laken, den Kopf hat er auf ein mit Broderien verziertes Kissen gebettet. Auf der einen Seite des Bettes steht ein Nachttisch, auf der anderen ein weißer Stuhl mit Streben. Frau Härd bedeutet mir, darauf Platz zu nehmen. Sie fragt, ob sie mir etwas anbieten dürfe. Ich schüttle den Kopf, worauf sie sich rücksichtsvoll aus der Kammer zurückzieht, die Tür jedoch einen Spalt offenstehen läßt.

»Wie geht es dir, Lennart?« kommt mir Vater Spiros zuvor. Seine Stimme rasselt.

»Gut. Nur ein zusätzliches Loch im Kopf. Und selbst?«

»Die Stimme funktioniert nicht, und das Fieber plagt mich.

Aber daran stirbt man nicht.« Vater Spiros lacht ein Lachen, das sich anhört, als zöge man eine Eisenkette über Blech.

Ich bemühe mich, meine Erregung zu verbergen. Ich muß versuchen, auch das aufzuschnappen, was in der Luft liegt.

»Ich war überrascht, als ich hörte, daß du in Nachodka bist. Ich glaubte dich mit dem Chinesen in St. Petersburg, um die Angelegenheiten der Gesellschaft zu regeln«, sage ich.

Vater Spiros schließt die Augen. Seine Lider sind dunkel und gewölbt. Er zeigt die Erschöpfung des kranken Mannes.

»So war es auch beabsichtigt. Aber ich bin ein Mann Gottes und wurde an einen anderen Ort berufen. Den ganzen Sommer über bin ich durch Sibirien gezogen. Ich habe den Giljaken, den Burjaten, Koreanern und Chinesen gepredigt. Hier gibt es ein weites Land zu besäen.«

Seine Gottesfurcht macht mich wütend. Keine Spur war davon zu sehen, als wir in Wladiwostok Fleisch aßen und ein Glas ums andere tranken, obgleich wir uns inmitten der Fastenzeit befanden. Vater Spiros ist schwarz und dünn wie ein Schürhaken – und er ist ebenso gespalten.

Bevor ich dazu komme, etwas zu erwidern, richtet er sich auf und zieht das Kissen als Stütze nach oben. Die Broderie umrahmt seinen Kopf wie eine Säuglingshaube.

»Zweifle nicht daran, die Angelegenheiten der Gesellschaft sind sehr wohl geregelt. Was glaubst du denn! Ich kümmere mich sowohl um die göttlichen wie um die irdischen Dinge«, sagt er und lacht erneut. »Die Papiere sind fertig, es gibt die Zahlungsverpflichtungen, das Kapital. Ich selbst habe die Dokumente versiegelt zur abgehenden Kurierpost nach Nikolajewsk gebracht. Sie sind bereits in St. Petersburg, aber die Antwort läßt auf sich warten. Damit war zu rechnen.«

Ich nicke, weiß ich doch, daß der Postverkehr in Sibirien

unsicher und langsam ist, sogar im Sommer. An den Wagen kann jederzeit die Deichsel brechen, die Achse kann sich verbiegen, ein Platzregen kann eine Flut entstehen lassen, und plötzlich bleiben die Postwagen im Morast stecken oder werden mit dem Wasserstrom davongetrieben. Allerdings meint Vater Spiros nicht nur das.

»Die Herren in St. Petersburg haben es nicht eilig. Das ist die Bürokratie! Sie müssen sich mit den Anträgen befassen und eine Entscheidung treffen – das geht noch langsamer als die Post«, sagt er.

Das stimmt. Meine Amtspapiere sind bereits zwei Jahre unterwegs, falls sie überhaupt jemals abgegangen sind. Mir kommt Petrow in den Sinn, so daß ich Vater Spiros für einen kurzen Moment vergesse. An Petrow zu denken läßt den Zorn in mir aufsteigen. Vielleicht sollte ich auf der Stelle … Vater Spiros fixiert mich. Ich richte mich auf. Halte dich im Zaum! Reg dich nicht auf, erhitze dich nicht! Beobachte kühl! Selbst auf dem Krankenbett besitzt Vater Spiros eine seltsame Autorität, obwohl seine ansonsten erzdröhnende Stimme nur mehr ein Rasseln ist.

»Wo ist der Chinese?« frage ich, denn ich vermute, daß er nicht im Haus von Frau Härd logiert.

»Wo soll ein Chinese sein, wenn nicht in China?«sagt Vater Spiros höhnisch. »Wir brauchen ihn erst, wenn der Abbau beginnt.«

Das hört sich vernünftig an. Vater Spiros setzt seine Worte sicher. Er redet klar und unmißverständlich. Wie sehr ich auch sein dunkles Gesicht und die über der Decke verschränkten Hände mit den großen Gelenken studiere, ich vermag nichts zu erkennen, was auf einen Mörder hindeutet.

»Dir ist übel mitgespielt worden«, sagt er.

» Es hätte schlimmer kommen können.«

Er macht ein Kreuzzeichen in die Luft. »Die Rettung ist ein Wunder Gottes!«

»Oder der Mörder war ungeschickt. Beherrschte seinen Teil nicht«, sage ich.

Vater Spiros lächelt. »Genau, ein Laie. Dabei gibt es in dieser Gegend Fachleute genug.«

Seine Worte bringen mich auf einen neuen Gedanken und eine neue Theorie. Was, wenn derjenige, der meinen Tod wollte, einen Mörder dingte, den er für fähig hielt? Einem ehemaligen Zwangsarbeiter oder einem, der aus dem Gefängnis ausgebrochen ist, muß man für einen solchen Auftrag gewiß nicht viel zahlen. Ein Mensch, der bereits alles verloren hat, kann nur gewinnen, selbst wenn es sich um einen Mord handelt. Wer könnte so gehandelt haben? Es ist ein Risiko, einen anderen zu dingen, damit er ein Verbrechen begeht, da er dann Mitwisser ist und später womöglich versucht, sein Wissen in Geld umzusetzen. Aber war es andererseits nicht so, wie Vater Spiros gesagt hatte: Ein bezahlter Mörder hätte es besser gekonnt als derjenige, der im Dunkeln aufs Geratewohl über mich hergefallen war und blind auf mich eingeschlagen hatte.

»Gantz ist ein fähiger Chirurg. Er hat dich mit seinem Skalpell gerettet, mit Gottes Hilfe«, sagt Vater Spiros.

Ich antworte ihm nicht. Ich frage mich, wie lange er sich bereits in Nachodka aufhält. Wann ist er von seinen Predigtreisen in die Stadt zurückgekehrt? War er schon im August wieder hier? Ich wage nicht, danach zu fragen. Über den Verlauf der Ereignisse weiß er selbstverständlich alles, weil hier, wo wenig geschieht, alles viele Male erzählt und besprochen wird. Fragte ich ihn, würde er erraten, was in meinem Kopf vorgeht, würde er meinen Argwohn wittern. Wenn ich mir keine Blöße geben will, muß ich mich auf die

Rolle des Beobachters beschränken. Die Angelegenheiten der Gesellschaft hat er angeblich geregelt, ich aber habe nur sein Wort, keinerlei Dokumente. Ich müßte imstande sein, seine Worte zu überprüfen. Sind die Papiere und Zahlungsverpflichtungen tatsächlich nach St. Petersburg abgegangen? Oder hält er das Geld, mein Geld, womöglich unter seinem Rücken versteckt, in Frau Härds Matratze? Vielleicht ist Vater Spiros tatsächlich in St. Petersburg gewesen, nicht jedoch, um die Gesellschaft zu gründen, sondern um meine und des Chinesen Zahlungsverpflichtungen in Geld umzutauschen, und das Geld liegt nun in einem Banktresor.

»Ich bin müde«, flüstert Vater Spiros und schließt die Augen.

Seine Stimme ist bis ins nahezu Unhörbare leiser geworden.

Ich verstehe, daß ich aufzustehen und zu verschwinden habe. Also verabschiede ich mich, und schon steht Frau Härd in der Tür, um mir erneut eine Erfrischung aufzudrängen. Ich danke, mache eine Verbeugung und gehe hinaus. Frau Härd bleibt an Vater Spiros' Bett zurück. Sie wird das Kissen aufschütteln, das Laken glattstreichen und die Decke richten. Habe ich einen Mann Gottes ungebührlich belästigt? Hege ich Vermutungen, für die es keine Grundlage gibt?

Ich gehe die sandige Straße entlang. Ein Ferkel steckt seine feuchte Schnauze durch den Zaun. Mein Verstand sagt mir, daß ich alles überprüfen muß. Den Gefühlen darf ich nicht nachgeben, sie kommen und gehen wie Ebbe und Flut. Gräser streifen meine Hosenaufschläge. Die Gerüche des Abends treiben mir Tränen in die Augen. Ich gehe nach Hause zurück, dennoch kommt es mir vor, als entfernte ich mich mit jedem Schritt mehr von dem Ziel, zu dem ich unterwegs bin.

Dürfte man nur im Herzen einer Frau wohnen, in seinem Gemach, oder wenigstens im Entree«, sagte Fern letzten Winter. Da war er schon betrunken. Er war die weite Strecke von Strelok nach Nachodka gestapft, nun trank er, um sich aufzuwärmen und um seine Zweifel an der Neulandgewinnung zu kurieren.

Ich hatte Fern von meinem Verhältnis zu Aleksandra erzählt.

Er hatte recht. In Schnee und Frost wärmt eine Haut die andere, aber wenn der Schweiß verdunstet ist, wird es kalt. Ich weiß nicht, welchen Raum ich in Aleksandras Gedanken einnehme. Denkt sie an mich, wenn sie alltäglichen Beschäftigungen nachgeht? Der Blick der Gastgeberin bei einem Abendessen über den Tisch hinweg, besagte er irgend etwas, oder schaute sie mich auf die gleiche Weise an wie Gläser, Messer und Gabeln, prüfend, ob sie auch richtig an ihrem Platz liegen? Aleksandra hat immerhin in den Salons von St. Petersburg und Moskau verkehrt.

Petrow ist ein unbedeutender Mann, auf ihn bin ich nicht eifersüchtig. Aber all die anderen?

Mitunter verleitete mich die Unsicherheit dazu, Aleksandra mit dem kühlen Blick des Außenstehenden zu beobachten, als wären meine Zweifel leichter zu ertragen, wenn ich an ihr einen Fehler entdeckte, einen Schönheitsfehler, sagen wir ein störrisches Haar, das aus einem Muttermal am Rücken wächst. Und gleichzeitig erzitterte ich vor hündischer Gier, zu gefallen und Wünsche zu erfüllen, ein guter Liebhaber zu sein, ein Mann, der eine Zukunft hat. Ich bin nach Sibirien gereist, um mir ein Leben aufzubauen. Was vergangen war, schob ich weit weg von mir, damit sich ein Panorama auftat und meine kühnsten Hoffnungen wahr wurden.

»Ein junger Mann!« murmelte Aleksandra immer wieder, wenn sie meinen Rücken, mein Gesäß, meine Schenkel streichelte. Die Berührung nahm mir die Anspannung, aber in meinem Innersten zischte auch Zorn auf: War ich etwa nicht mehr als ein Schoßhund, den man streicheln konnte? Wenn ich nicht befürchtet hätte, mich lächerlich zu machen, hätte ich meine Zukunftsaussichten vor Aleksandra ausgebreitet wie einen kostbaren Schatz. Gold, Diamanten, Zobelfelle! In mir brannte die Manie, mehr und besser zu sein, und damit meine ich nicht das, wozu der Körper in der Lage ist.

Als ich von Aleksandras Bett aufstand, hielt die Glut der Entschlossenheit nur bis zur Haustür an. Schon am selben Abend wälzte ich mich schlaflos in meinem eigenen Bett. Das Herz des Schoßhundes bebte.

»Aleksandra ist nicht für Leute wie uns gemacht. Spinne keine vergeblichen Träume! Wenn Petrow seine Jahre voll hat, gehen sie beide fort von hier«, sagte Fern.

Seine Entschiedenheit ärgerte mich, denn wahrscheinlich hatte er recht. Er sprach laut aus, was mir mein eigener Verstand einflüsterte. Dennoch klammerte ich mich an Aleksandra. Ich behielt ihr Mienenspiel im Auge, sammelte Beweise für und gegen mich, speicherte Wörter, Gesten und

Gesichtsausdrücke. Ich stellte ihr Fragen, die sich darum rankten, welchen Platz ich in ihrem Leben einnahm. Sie streichelte mein Haar, gab unbestimmte Antworten. Mich band eine Erregung an sie, die nicht körperlicher Natur war. Das einzige jedoch, womit ich das unter Beweis stellen konnte, war mein Körper. Aleksandra genoß es. Und ich hegte wohl die Hoffnung, sie wüßte die Antwort auf die Frage, wer ich bin und welchen Wert ich als Mensch besitze.

Ich verließ Aleksandra aus Trotz. Dem Augenblick, in dem sie mein wirkliches Ich erkannt und mich zurückgewiesen hätte, kam ich zuvor. Ein Hund rettet seine Ehre, indem er so geschwind durch die Tür schlüpft, daß sein Schwanz nicht eingeklemmt wird.

Als ich Fern von meinem Verhältnis zu Vera erzählte, zitierte er Heine, als paßten dessen Verse *mutatis mutandis* auf mich:

Das Mädchen heiratet aus Ärger
Den ersten besten Mann,
Der ihr in den Weg gelaufen …

Fern lag falsch, völlig falsch.

Ich sitze im Garten und warte auf den Abend. Bilder und Gedanken jagen mir durch den Kopf. Sie sind klar und scharf und schnell wie Schwalben. Die Hitze drückt nicht, vielmehr liegt eine Bitterkeit in der Luft, die an den Duft von Dill und Kümmel erinnert.

Vielleicht legt Fedja Gurken ein? Letzten Winter aßen wir Salzgurken, die stark nach Eichenblättern, Dill, Kümmel und Knoblauch schmeckten. Der Geruch bringt mir eine Episode aus der Kindheit zurück. Großvater Frankenhäuser hat in einem großen, heißen Topf grüne Gläser ausgekocht. Aus den umgedrehten Gläsern rinnt es auf die sauberen Tücher. Das Abendlicht fällt ins Küchenfenster und wird von den Einmachgläsern zurückgeworfen. Ich bin vielleicht fünf Jahre alt und werde plötzlich traurig. Warum, weiß ich nicht. Ich setze mich auf die Küchentreppe und blicke in den Garten, wo alles bereits geerntet worden ist: Gurken, Johannisbeeren, Äpfel, Spillinge. Das Gefühl jenes fernen Augenblicks kehrt nun zurück.

Bei den Petrows nahm ich Vera wahr wie das Flimmern von Licht und Schatten, das man aus den Augenwinkeln bemerkt: Ihre Anwesenheit blieb am Rande meines Bewußtseins. Vera war ein Mädchen, ein Kind, sie wurde den Gästen in einer Reihe mit den Brüdern vorgestellt, die wie Zinnsoldaten aussahen. Zwar saß sie beim Essen mit ihren Eltern am Tisch, aber sie sprach nicht viel, lächelte selten und achtete darauf, nicht mit Messer und Gabel zu klimpern. Auf Jakowlews scherzhafte Bemerkungen antwortete sie nicht. Nach dem Essen spielte sie Klavier, ich vermag nicht zu sagen, ob gut oder mittelmäßig, pflichtbewußt vielleicht.

Manchmal spielten Vera und ich am selben Tisch Karten. Sie spielte leidenschaftslos wie ein Mensch, der nur dazugebeten worden war, weil noch ein Mitspieler fehlte. Auf dieselbe Art tanzte sie auch, mit angelernten, gleichmäßigen Schritten. Petrow und Aleksandra schärften ihr ein, was sie von ihr erwarteten. Ich dachte nicht einmal daran, daß Vera kein Kind mehr war, denn in Nachodka war sie in eine Kindergußform gepreßt worden, als könnten Schnee und Eis einen Menschen konservieren.

Wenn Veras durchdringender, schroffer Blick gelegentlich auf mich fiel, erschrak ich, als blickte mich von jenseits ihrer Augen jemand an.

Nachdem ich mich von Aleksandra losgerissen hatte, war ich einsamer als im Herbst 1869, als ich, dem Tode nah, in Nachodka eintraf. Dann das Bergwerk! Wladiwostok! Die Leere füllt sich. Die Leere füllt sich. Ich füllte mich mit ungestümer Hoffnung, und ohne Aleksandra war ich freier und reicher als je zuvor. Zukunft und Geld! Die Freiheit, zu wählen! Ich wähle mich selbst! Alles wird sich regeln, und alle Vorhaben werden verwirklicht sein!

»Mond und Sonne passen nicht in dasselbe Bett!« sagte Creutz einmal. Er referierte über Ebbe und Flut, über die Gezeiten, die von den Anziehungskräften zwischen Erdkugel, anderen Himmelskörpern und Mond beeinflußt werden. Eigentlich sprach er von den Frauen. Jahrelang lebte Creutz mit Eva K. zusammen, einer Lehrerin und selbstbewußten Persönlichkeit. Er sagte, Eva sei die Sonne und er der Mond. Das Verhältnis von Mann und Frau schwingt auf der Schaukel der Planeten hin und her.

Fedja kommt in den Garten. Er nimmt den Bierkrug, das Glas und den Teller mit Krümeln einer Krautpirogge vom Tisch. Wenn er mit verzogenem Mund hantiert, sieht er aus wie ein altes Weib. Es fällt mir schwer, mir ihn als Hitzkopf in einem Gasthaus vorzustellen. Wie er ein Spitzholz ergreift und einen Mann durchbohrt. Das ist lange her. Die Jahre im Gefängnis saugen einen Menschen aus. Zurück bleibt eine Hülle, die Spuren von früher trägt, aber in der nichts als Leere ist.

Fedja sagt, es gebe kein Mittagessen, da Gantz, Rosenqvist und ich bei den Petrows eingeladen seien. Als wüßte ich das selbst nicht mehr, als wäre ich ein Invalide. Zur Antwort herrsche ich ihn an. Fedja zuckt die Schultern und steigt die Küchentreppe hinauf. Das Geschirr klappert.

Mein erster Gedanke über Vera war, daß ihr Blick mich wie aus mir selbst heraus ansieht. Sie nahm nicht Maß. Es war, als wäre ich in eine Grube gestürzt!

Vera ist ein schmales, dunkles Mädchen mit schwarzen Haaren, wie sie auch Aleksandra hat. Ihre Hände bewegen sich nervös. Ihr ganzes Wesen zeigt eine stets zum Davonstieben bereite Unruhe, doch ihr Blick ist gerade und fest.

Im Spätwinter, nachdem die schlimmste Kälte vorbei war, unternahm ich mit ihr einen Spaziergang. Um frische Luft zu schnappen, hatte ich Petrows Kontor verlassen, wo einen die Öfen versengten und der trockene Papierstaub husten ließ. Vera war geschickt worden, etwas einzukaufen, Zierband oder Nähgarn, ich weiß es nicht mehr. Wir grüßten einander, plauderten ein wenig und gingen schließlich gemeinsam durch die Straßen von Nachodka. Der Wind wirbelte Schnee auf, in der Lunge brannte eine kalte Nässe. Dennoch wählten wir nicht den kürzesten Weg, weder zu Petrows Haus noch zum Kontor. Vera wärmte ihre Hände in einem Muff. Es sah aus, als trüge sie ein kleines Tier auf dem Arm.

Ich habe vergessen, worüber wir uns unterhielten. Vera ist nicht gesprächig, ich jedoch plapperte wohl, wie ich es manchmal aus bloßer Schüchternheit tue, und Vera hörte mir zu, denn die Frauen lehrt man, auch den dümmsten Reden der Männer zuzuhören. Wir kamen am Gemischtwarenladen und der Gerberei vorbei und erreichten die Gegend, wo die Witwe Härd wohnt. Die Fenster der Häuser waren durch Frost und Nässe von einer dünnen Eisschicht überzogen. Kahle Kümmerlinge ragten aus dem Schnee. In der Ferne ging eine schwarze, gebückte Gestalt mit einer Blechkanne am Arm. Wir blieben stehen und schauten ihr hinterher. Vera mußte lachen, ich lachte ebenfalls. Dann machten wir kehrt und gingen in die Stadt zurück. Da die Straße glatt war, faßte ich Vera am Ellenbogen. Ihr Körper versteifte sich, aber sie löste sich nicht aus meinem Griff. Fing es so an? Im Schweigen war etwas, dem wir beide lauschten.

»Armer Lennart!« sagten Fern und Creutz immer wieder.

Als Männer, die eine schwere, einsame Arbeit verrichten, haben sie eine nüchterne Einstellung gegenüber Frauen. In

Helsinki ist das anders gewesen, aber hier haben sie nichts mehr für Techtelmechtel übrig. Was in den Salons vor sich geht, ist ihnen nicht wichtig, auch wenn sie sich, wann immer sie zu Abendgesellschaften erscheinen, gut kleiden, sich die Schnurrbärte säubern und kultiviert unterhalten.

Fern zeigt das Haarband von Mery de Luz her, als sei es ein Strumpfhalter. Lachend denken Fern und Creutz an die Mädchen in Plymouth zurück, die den hungrigen Seeleuten mitten in der Nacht halfen, für ein paar Cent warmes Brot zu ergattern, und als Belohnung einen Kuß verlangten. Von den Frauen in Strelok reden Fern und Creutz nicht, weder von den verheirateten noch von den unverheirateten, auch nicht von den Mädchen aus der Armenfürsorge, die den beiden Männern den Haushalt führen. Auch was Frauen betrifft, finden meine Freunde wohl, daß ich schwach bin. Ob es in meinem Charakter ein Leck gibt, ein ähnliches überzähliges Loch, wie ich es jetzt im Schädel habe?

Das Verhältnis zwischen Vera und mir hatte etwas von einer chemischen Reaktion. Besser vermag ich es nicht zu beschreiben. Keine Explosion und keine Flamme der Leidenschaft. Wir lösten uns ineinander auf, denn ich meinte in ihr eine Ähnlichkeit zu erkennen, die nicht nach Erklärungen, Worten, Bekenntnissen und Beteuerungen verlangt. Veras Unruhe barg dieselbe ziellose Leidenschaft wie die meine. Diese Leidenschaft war es, die mich in das östliche Sibirien getrieben hatte. Wir hatten die Hoffnung gemein, daß es auf der Welt oder in einem anderen Menschen einen Ort gibt, an dem sich alles erfüllt, ohne daß man darum bitten muß. Es fällt mir schwer, Vera losgelöst von mir auch nur zu sehen oder zu beschreiben, denn während der gesamten Dauer unserer Liaison haben wir im Innern derselben Hülle gelebt, wie Zwillinge in der Gebärmutter.

Natürlich täusche ich mich. Die starke Lösung, die uns miteinander verschmolz, war mein Wunschdenken.

Vera ist eigen, eigenständig. Als Frau, als Mensch. Ich hingegen sehnte mich immer nur nach einer Verbindung, die die Kluft zwischen mir und der Welt, zwischen der Schwachheit meines Willens und der Kraft meiner Träume zu überwinden hilft.

Als könnte ein Mensch einen anderen Menschen retten. Dazu ist nicht einmal Vater Spiros imstande, der Mann Gottes.

Ich habe Vera Unrecht getan, weil ich sie nur als meinen Schatten, Zwilling, mein Pendant wahrnahm. Ich stellte mir vor, mein Herz spräche mit ihrem Mund.

Im Juli in Mariensk, als die Natur blühte und summte, lehnte sich Vera an mich, und ich hatte das Gefühl, das ganze Leben läge auf einer Handfläche vor mir, auch die Zukunft. Da rannte das kleine Mädchen mit den glühenden Wangen durch den Heckenzaun.

Ich fragte Vera nicht nach ihren Wünschen oder Hoffnungen, ich brauchte es nicht, denn in der Stunde des Glücks blickt man nicht über die Schulter. Ich Schafskopf.

Plötzlich änderte sich alles: Aleksandra erzählte Vera von mir.

Als Vera von meinem Verhältnis zu ihrer Mutter erfuhr, starrte sie mich fremdartig an. Sie wirkte nicht einmal wütend, obgleich sich zwischen ihren schwarzen Brauen eine Doppelfalte abzeichnete. In ihren Augen sah ich nur noch mein jämmerliches Spiegelbild, sonst nichts.

Vera weinte nicht, sprach auch nicht im Zorn. Sie wandte sich ab und ging so langsam davon, als wäre sie krank.

Dabei war ich der Kranke! Meine Sehnsucht nach Verbindung hatte mein Gemüt gekrümmt wie einen Baum, den der

Wind aus immer derselben Richtung anweht. Ich hätte Vera nachlaufen und ihr all die Worte sagen wollen, die ungesagt geblieben waren, aber ich kam zu spät. Da war nur noch ihr trauriger Nacken. Die geschlossene Tür.

Ich stand im Garten und meinte zerbersten zu müssen.

»Beabsichtigst du, in diesen Kleidern auszugehen?« fragt Gantz auf der Veranda.

Es ist Abendbrotzeit, als ich erschrocken zu mir komme. Seitdem ich vom Krankenbett aufgestanden bin, habe ich die Zeit nicht mehr überwacht, nicht mehr Buch geführt über Minuten und Stunden. Die Tage gleiten vom Licht in die Dunkelheit, und ich weiß nicht immer, ob Dienstag, Donnerstag oder Samstag ist, denn mein Denken verläuft nicht im Gleichmaß mit dem Kalender. Die Zeit vergeht langsam oder schnell. Was ich zu tun habe, hat darauf keinen Einfluß. Aber ich genese. Als gesunder Mensch fülle ich die Leere der Zeit mit Taten: Ich werde den Mord aufklären, meine Amtspapiere verlangen, das Bergwerk in Gang setzen!

Ich stehe auf und gehe hinein, um die Kleider zu wechseln.

Ein großer Tag für Nachodka!«

Allenthalben sind diese Worte in der Stadt zu hören.

Der Himmel weiß, daß es ein großer Tag ist. In klarem Hellblau erhebt er sich über der Stadt eine gläserne Schale voll Sonne. Ein Mensch nach dem anderen läßt sich von der Begeisterung erfassen, so wie ein Lachen mitunter auch diejenigen ansteckt, die den Witz gar nicht gehört haben. Seit dem frühen Morgen wimmelt es auf den Straßen von Menschen. Männer, Frauen, Kinder, Herrschaften und Bedienstete. Ich schaue aus dem Fenster. Es sieht aus, als hätten sie alle nichts Besonderes zu tun. Sie wollen nur den Tag zu fassen kriegen und ihn wie einen bunten Ball vor sich her treiben. Der große Tag ist ein Sprung aus der Gleichförmigkeit. Auch ich werde von der Begeisterung angesteckt. Ich bin früh aufgewacht, diesmal ohne Kopfschmerzen.

Mit Gantz und Rosenqvist habe ich ein reichliches Frühstück eingenommen. Schinken und Ei nach englischer Art, frisches Brot und Kirschkonfitüre, viele Tassen Tee. Anschließend sind wir am Frühstückstisch sitzen geblieben. Gantz hat seine Pfeife gestopft, ich habe eine Zigarre geraucht, die mir Rosenqvist angeboten hatte, auch wenn mir dabei schwindlig geworden ist. Fedja ist zwischen Tisch und

Küche hin- und hergelaufen, dabei unablässig vor sich hin murmelnd. Er hat sich beeilt, damit auch er rechtzeitig zum Hafen kommt.

Der auf der Werft von Nachodka gebaute Schoner wird heute zu Wasser gelassen. Gouverneur Furuhjelm wird dem Ereignis beiwohnen, und seine Frau wird das Schiff taufen. Aus der Garnison hat man zwei Kanonen herbeigeschafft, damit sie Salutschüsse abgeben.

Neben den Werftgebäuden sind lange Tische für die Zimmerleute und die anderen Schiffbauer aufgestellt worden. Für das Publikum hat man eine Tribüne errichtet, mit Sitzplätzen für die vornehmen Herrschaften, die Beamten und Offiziere. Am Abend wird es in Petrows Haus und Garten einen Empfang geben. Aus diesem Anlaß ist der Garten unter Aleksandras Anleitung und unter Aufbietung dreier Gärtner nebst Gehilfen dekoriert worden. Ganze Bäume und Sträucher hat man in Töpfen eigens dorthin transportiert! Blühende Pflanzen wurden eingesetzt, exotische Arten. Gantz spottet, sie würden nicht länger als diesen einen Abend überdauern. Über den staubigen Straßen der Stadt flattern Wimpel an Schnüren, die Geschäfte haben ihre Schaufenster mit Bildern des Zaren und Modellen des Schiffs geschmückt. Von Lüdorff in Nikolajewsk hat man Schokoladenkonfekt in Form kleiner Schoner kommen lassen, das nun sogar in der Auslage gewöhnlicher Gemischtwarenläden zu sehen ist.

Trotz des Festes muß Gantz im Krankenhaus der Kaserne nach dem Soldaten sehen, der sich in den Fuß geschossen hat. Rosenqvist steht vom Tisch auf und geht ebenfalls; vermutlich, weil er die Verantwortung für das Salutschießen trägt.

Ich steige die Treppe hinunter, durchquere den Garten und trete auf die Straße, nur um an der allgemeinen Stimmung teilzuhaben. Ich gehe langsam und weiche den Leuten aus, die an den Straßenecken große Reden schwingen. Natascha, das Dienstmädchen der Petrows, eilt mit flatterndem Rock in einen Laden. Sie ist ein hübsches Mädchen, blond und mit glühenden Wangen. Natürlich hat Aleksandra sie geschickt. Was fehlt noch? Gütiger Himmel! Schnell, mach dich sofort auf den Weg! Ich ahne, wie Aleksandra vor angenehmer Erregung nur so perlt und die Manöver ihres Haushalts befehligt. Das ist auch ihr großer Tag, weil die Crème de la crème von Nachodka wie Nikolajewsk in ihrem Haus und Garten zusammenkommt. Was wohl in Petrow vorgeht? Vielleicht ist auch er in Aufregung, spekuliert auf eine Karriere, da man immer noch nicht weiß, wer Hjorts Nachfolger wird. Immerhin hat er, nach Hjorts' Tod im Frühjahr, zusammen mit einem gewissen Schnittke vorübergehend die Administration übernommen. Jeden Tag wird die endgültige Entscheidung aus St. Petersburg erwartet.

Jeden Tag – ich muß grinsen bei dem Gedanken an meine eigenen Papiere, aber ich mag mich nicht grämen. Alles wird sich regeln. Die Zeit verrichtet ihre Arbeit.

Unter meiner guten Laune regt sich eine andere Stimmung, eine leichte Anspannung. Ich muß beobachten und etwas herausfinden. Dieser Tag ist eine Gelegenheit, denn heute werde ich ihnen allen begegnen: Petrow, Aleksandra, Vera, Vater Spiros. Ich habe den verlorenen Schlüssel nicht vergessen, und ich habe noch immer keinen Beweis dafür, daß Vater Spiros die Zahlungsverpflichtungen und die Papiere für die Gesellschaft tatsächlich nach St. Petersburg weitergeleitet hat. Womöglich ist bei dem Stapellauf ein Beamter aus Nikolajewsk anwesend, den ich um Aufklärung bitten kann. Inmitten eines festlichen Treibens läßt die Aufmerksamkeit der Menschen nach. Wenn es mir gelingt, scharfsinnig zu bleiben, werde ich wertvolle Informationen erhalten können. Ich habe nicht aus dem Blick verloren, was meine Aufgabe ist.

Meinen Kopf ziert der Verband, aber ich gehe auf meinen eigenen zwei Beinen, ohne Stock. Und ich denke klar.

Als mir eine Schar zerlumpter Kinder mit einem jungen Hund in ihrer Mitte entgegengelaufen kommt, bringt mich der Anblick zum Lächeln, denn an einem solchen Tag will auch ich wenigstens für einen Augenblick alle unangenehmen Dinge vergessen.

Die Feierlichkeiten beginnen am Nachmittag um drei Uhr.

In der Hafengegend drängeln sich die Menschen. Ich wandere in der Menge umher. Der Reeder Larsson hat auf dem langen Tisch der Arbeiter Bier und Wodka auftragen lassen. In großen Eisentöpfen brodelt Fleischragout, und in Körben liegen Roggenbrotlaibe bereit, so groß wie Wagenräder. Schweinssülze und Salzgurken gibt es in kleinen Eichenfässern. Ein mürrischer Soldat hält an den Tischen Wache, denn die barfüßigen Jungen spitzen auf die Gelegenheit, sich eine Flasche Wodka oder wenigstens eine Wurst zu schnappen.

Für den Fall, daß es regnen sollte, ist über die Tribüne ein weißes Segeltuch gespannt worden, und damit die Herrschaften weich sitzen, hat man rote Kissen auf die ungehobelten Bretter der Sitzbänke gelegt.

Der mit grauem Öltuch abgedeckte Schoner steht unmittelbar am Wasser auf einem Drehgestell, mit dessen Hilfe er ins Meer befördert werden wird. Rosenqvist hat erzählt, daß man den Hafen mit Manneskraft und Spaten vertieft habe, damit der Schoner auch sicher ins Wasser gleite und nicht sogleich auf Grund laufe.

Schwitzend trabt Gantz in seinem hellen Anzug durch die Menschenmenge. Er wischt sich die Stirn mit einem Taschentuch ab, und wir gehen auf unsere Plätze. Ein steifer Soldat zeigt uns, wo wir uns hinsetzen sollen, nicht in die erste Reihe, nicht in die letzte, sondern in die Mitte der Tribüne. So ist das nun einmal. »Die feinen Leute kommen später«, sagt Gantz, denn es sitzen noch nicht viele auf den Bänken. Das einfache Volk schart sich neben der Tribüne zusammen, wobei Soldaten auf die Ordnung achten. Ich meine in der Menge Fedja ausmachen zu können, sein dümmliches, zahnloses Grinsen, aber möglicherweise handelt es sich um einen anderen, der ihm gleicht.

Ein Raunen geht durch die Menge, als die Furuhjelms und die Petrows erscheinen.

Furuhjelm trägt seine Admiralsuniform, in der er so prächtig aussieht wie ein Weihnachtsbaum. Der dicke, dunkle Petrow wirkt neben dem Gouverneur wie ein kleiner Kaufmann. Das flüstere ich Gantz zu. Aleksandra jedoch stellt die Frau des Gouverneurs in den Schatten, die sogar in ihrem prunkvollen, rot-blauen Kleid unfreundlich und gelangweilt scheint. Aleksandra strahlt, ein Morgenhimmel, ihr ganzes Wesen ist von Feierlichkeit erfüllt, das helle Kleid mit feinen Spitzen verziert. Die Kinder der Petrows schreiten hinter ihren Eltern einher, werden aber in eine Bankreihe weiter hinten geleitet. Die Söhne sitzen der Größe nach da, neben dem jüngsten nimmt Vera Platz, deren Haar im Nacken zu einem Knoten zusammengebunden ist. Sie trägt ein hellblaues Kleid. Ich schaue sie an, aber sie kann mich Hinterbänkler natürlich nicht sehen. Sie dreht nicht in einem fort den Kopf hin und her, wie es ihre Brüder tun, sondern hält den Hals gerade und blickt unverwandt nach vorn.

In der ersten Reihe sitzt Vater Spiros in seinem Pastorengewand. Ein Fanfarenstoß setzt die Zeremonie in Gang.

Die Zarenhymne. Reden. Musik.

Mein Blick versucht, in der Menschenmenge eine Miene oder eine Geste zu erhaschen, die in dem vom Gehirn aufgespannten Netz hängenbleibt, aber es gehen nur unbekannte Gesichter in die Falle, sonnengebleichte Augenbrauen, Hakennasen, volle Schnurrbärte, die Wange einer Frau, die in der Sonne pfirsichfarben schimmert. Eine knochige Frau ergreift den Arm ihres ebenso dünnen Mannes, als die Soldaten in Stellung gehen, um die Salutschüsse abzufeuern. Dann erfüllen Donnerschläge und Rauchwolken das Firmament. Ein Kind schreit. Das Erstaunen fährt durch die Menge wie eine Böe.

Vater Spiros steht pfahlgerade da und macht das Kreuzzeichen. Ob sich auch mein Chinese unter all den Chinesen und Koreanern befindet?

Ich erblicke Fern und Creutz! Am liebsten möchte ich mich erheben und winken, aber jetzt ist gerade der Augenblick gekommen, in dem das Öltuch vom Schoner gezogen wird, und flinke Männer stehen wartend bereit, das Schiff ins Wasser zu bugsieren.

Im Rückenwind der allgemeinen Begeisterung segelt Frau Furuhjelm in den Vordergrund. An einem Seidenband, das am Bug des Schoners befestigt ist, hängt eine Flasche französischer Champagner. Der Name des Schiffes ist bislang ein sorgfältig gehütetes Geheimnis gewesen. Jetzt wird es gelüftet: *Nachodka II*. Ich muß lachen. Weit ist die Phantasie der Bauherren wahrlich nicht geflogen. Ich flüstere es Gantz zu. »Sichere Sache. Beleidigt keinen«, erwidert er.

Frau Furuhjelm setzt die Champagnerflasche in Bewegung. Wenn sie zersplittert, ist das mit den Trauben eines wärmeren Landes getaufte Schiff bereit für die eisigen Wasser des Ochotskischen Meeres. Die Flasche schwingt, aber sie geht nicht entzwei, sie schlägt polternd an, dann hängt sie wieder schnurgerade herunter. Das Gesicht der Frau nimmt einen verblüfften, dann verärgerten Ausdruck an. Sie versucht es erneut, diesmal energischer. Immer noch nicht! Auf der Tribüne kommt Heiterkeit auf, man bemüht sich, sie mit der Hand oder einem Taschentuch zu ersticken. Als die Flasche auch beim dritten Versuch nicht zerspringt, scheint die Gouverneurin der Sache überdrüssig zu werden. Schon wird im Volk gerufen und gelacht. Zorn läßt nun Kraft in den Arm der Frau Furuhjelm strömen, die Flasche beschreibt einen Bogen in der Luft, das grüne Glas zerbricht, und goldener Schaum läuft am Bug des Schoners hinab.

Sie lebe hoch!

Die Herrschaften treten bei den Petrows ein. Noch ist es nicht dunkel, der Abendhimmel schimmert orangerot. Der Gouverneur und seine Frau schreiten voran, es folgen die hohen Beamten und Offiziere aus Nikolajewsk. Wir anderen warten und gehen hinterher. Die Rangordnung löst sich auf, sowie die Champagnergläser gefüllt sind und die Mädchen in ihren weißen Schürzen mit Tabletts voller Schnittchen und Gebäck herumgehen. Die festlich gekleideten Frauen sind Schmetterlinge, die Männer schwarze, schwerfälligere Insekten. Ein großer, magerer Offizier erinnert mich an einen Grashüpfer, der ein Zirpen aus seinen trockenen Beinen reiben kann.

Ich trinke mein Glas leer. Den russischen Champagner, der in Sibirien fließt, mag ich nicht. Er ist zu süß, und seine Blasen perlen im Kopf weiter. Ich nehme mir von dem gewöhnlichen Wein, der auch angeboten wird. Im Garten stehen weißgedeckte Tische mit Speisen und Getränken. Aleksandra hat bedauert, daß man sich mit einem Büffet begnügen muß, da die Gäste so zahlreich sind. Ein Bankett zu arrangieren hätte die Qual der Wahl mit sich gebracht. Das Büffet ist ein Kompromiß wie der Name des Schoners: damit niemand beleidigt wird.

»Fern! Creutz!«

»Lennart! Was macht dein Kopf?«

Ich erkundige mich, wie es in Strelok geht. Es ist nicht meine Absicht, ihnen die Festlaune zu verderben, aber als Creutz antwortet, ist ein Bruch in seiner Stimme zu vernehmen. Immer mehr Männer sind fortgegangen. Fern macht einen Scherz daraus, aber in seinem Spott liegt etwas Gezwungenes. Es ist mir unangenehm, gefragt zu haben, ich fürchte, besserwisserisch zu klingen. Was ich auch über die Vorhaben in Strelok äußere, es hört sich an, als hätte mein eigener Mangel an Unternehmungsgeist etwas mit Vernunft und nicht mit Feigheit zu tun. Fern und Creutz scheinen um Jahre gealtert zu sein. Mir stecken die Tränen im Hals. Dennoch: Wir stoßen an. Laßt uns feiern! Laßt uns trinken!

Neben der Zierkirsche, die Aleksandra von ihrem Gärtner pflanzen ließ, treffe ich Oberstleutnant Engström, der Furuhjelms Stab angehört. Mann und Baum haben das gleiche Maß. Engström ist ein blonder, kindlich aussehender Mann mit glatten Wangen und grauen Augen. Wir plaudern über dies und jenes, bis ich die Sprache auf den Kurierpostverkehr lenke. Bei dem Schnee, bei dem Morast, bei der Langsamkeit der Fortbewegung gibt es bekanntlich Anlaß zur Klage, der Winter 1870 war der strengste seit Menschengedenken. Engström wird meine Konversationskunst kaum bewundern, aber was schadet es, die meisten anderen Gespräche, die zwischen zwei Schluck Wein geführt werden, sind auch nicht geistreicher.

Über allerhand Umwege schlage ich schließlich den Bogen zum vergangenen Frühjahr und erwähne beiläufig Vater Spiros' Postsendung. Erinnert sich Engström womöglich ...? Ich schmücke mein Anliegen aus, indem ich von meinen Briefen nach Finnland erzähle, auch davon, daß mich die Nachricht vom Tod meines Vaters im Januar erst im Frühling erreichte. Engström verneigt sich. Er äußert sein Beileid. »Ein großartiger Mann und ein großartiger Offizier«, lobt er den Oberstvater. Innerlich verwünsche ich mich, das Gespräch in solche Bahnen gelenkt zu haben. Noch einmal erwähne ich Vater Spiros, aber Engström wirkt zerstreut. Er blickt über meine Schulter hinweg und murmelt etwas vom trostreichen Wort Gottes, welches heilende Wirkung besitze, wenn man einen nahen, lieben Menschen verloren habe.

Engström macht höfliche Anstalten, sich aus meiner Gesellschaft zu entfernen. Ich ärgere mich, daß die Gelegenheit vertan ist. Warum habe ich ihn nicht gefragt, ob Vater Spiros in Nikolajewsk eine Sendung nach St. Petersburg aufgegeben hat? Nun ist es zu spät. Ich will kein Aufsehen erregen, indem ich Engströms Ärmel ergreife, zumal gerade ein blondes Fräulein in fliederfarbenem Kleid auf ihn zuflattert und der Offizier und Gentleman sich erbietet, ihm das Glas zu füllen. Ich verneige mich vor den beiden. Sei es, wie es ist, denke ich in meinem Grimm, wenn ich nur Vater Spiros selbst zu Gesicht bekomme. Dann packe ich den Schürhaken bei den Hörnern! Ist mir der Wein bereits zu Kopf gestiegen?

Dort steht er! Er rafft Eßbares vom Tisch auf seinen Teller. Ich bändige meine Schritte, damit ich nicht losstürze.

»Schön, dich bei Kräften zu sehen«, sagt Vater Spiros.

Auf seinem Teller befinden sich Würste und Perlzwiebeln.

»Ganz meinerseits. Beim letzten Mal funktionierte ja deine Stimme nicht«, entgegne ich.

»War vorübergehend eingerostet.«

»Gibt es bezüglich der Gesellschaft Neuigkeiten?« frage ich mit gesenkter Stimme.

Vater Spiros schiebt sich eine Perlzwiebel in den Mund und droht mir mit der Gabel wie ein Lehrer einem Schuljungen mit dem Zeigestock.

»Sei nicht ungeduldig! Wir sprachen doch gerade erst in meiner Krankenstube miteinander. Die Dinge brauchen ihre Zeit, du solltest das doch wissen. Zeit, Zeit! Wir haben noch genügend Zeit, zu leben und reich zu werden.«

Mein Zorn kühlt ab, ich werde höhnisch.

» Oh, gewiß! In Sibirien gibt es Zeit und Raum zur Genüge. Aber ich würde gerne bald anfangen zu bauen, damit das Grundstück nicht leer bleibt.«

Vater Spiros runzelt die Brauen. In meinen Augen ist er ein Affe vom südafrikanischen Tafelberg. Nicht der, der starb, sondern einer der anderen, die, von Baum zu Baum springend, die Jäger verspotteten.

»Was meinst du damit? Du willst mir und dem Chinesen doch nicht etwa Unredlichkeit unterstellen?«

»Nein, nein. Wahrscheinlich ist das Loch in meinem Kopf daran schuld, daß ich allerlei Merkwürdiges von mir gebe. Die Worte kommen gar nicht aus dem Mund, sondern aus dieser überzähligen Öffnung«, versetze ich scharf.

Vater Spiros lacht und klopft mir auf die Schulter, als hätte ich mir ein witziges Bonmot erlaubt. Er dreht sich auf den Fersen um. Das schwarze Priestergewand raschelt. Mit wehendem Saum steigt er die Treppe zur Veranda hinauf. Kaum ist die Sonne untergegangen, verdichten sich die Gerüche der Gräser, Sträucher und Blumen. Oder sind es die Parfums der Frauen, die ich rieche? Um mich herum wimmeln Festgäste und Diener: Stimmengewirr, klingende Gläser und Teller. Ich stehe allein da.

Weiße Hemdkragen und Spitzen leuchten in der zunehmenden Dämmerung. Zwischen den Bäumen hat man Schnüre gespannt und daran Lampions aufgehängt. Jetzt werden sie angezündet. Die Menschen drängen in den Lichtkegel wie Nachtfalter. Aus einem offenen Fenster ertönt Musik. Die Melodie klingt, als verlöre sie in der Dunkelheit ihre hellsten Töne.

Ich gehe die Treppe hinauf. Auch die erleuchtete Veranda mit ihren verschiedenfarbigen Glasscheiben erstrahlt wie ein Lampion.

Im Salon stehen die Ehrengäste vor dem Kamin: Gouverneur Furuhjelm mit Gemahlin sowie Männer und Frauen aus Nikolajewsk, deren Namen ich nicht kenne. Die Männer in den Uniformen haben Paradehaltung angenommen, und auch ihre Gattinnen sehen aus, als habe man sie auf Walknochen aufgespießt. Aleksandra Petrowa funkelt unter dem Kronleuchter. Sie erinnert an einen Kegel aus reinem, weißem Zucker. Viktor Petrows Gesicht ist gerötet, seine Haare kleben als Helm an seinem Kopf. Jeder hält ein Glas in der Hand. Die Bediensteten bewegen sich zwischen der Küche und den Zimmern hin und her, wie es nur gut ausgebildeten Dienern gelingt, sie laufen, ohne zu rennen. Ich erkenne Furuhjelms Hofmeister, der sowohl in Nikolajewsk als auch in Nachodka berühmt ist. Ein würdevoller, pingeliger Mensch.

Ich halte nach Vera Ausschau, sehe sie aber nicht, obgleich Scharen junger Frauen und Offiziere von Zimmer zu Zimmer schwirren. Jeden Moment kann der Tanz beginnen. An diesem Abend musiziert nicht das deutsche Fräulein auf dem Klavier, sondern ein ganzes Orchester spielt auf, die Kapelle der Garnison, dirigiert von einem kleinen, puterroten Mann. Er hat selbst komponiert und benimmt sich vor dem Orchester so großspurig, als stünde er im Opernhaus von Paris oder Moskau.

Schon im voraus beklagte Aleksandra die Enge der Räumlichkeiten. Die Büffettische müssen an die Wände gerückt werden, wenn der Tanz beginnt.

Mit einem leeren Glas in der Hand stehe ich in der Tür.

Niemand nimmt Notiz von mir, keiner behält mich im Auge, wie es Eheleute untereinander auch auf Festen tun, selbst wenn sie sich in verschiedenen Räumen befinden. Aus den Augenwinkeln nehmen sie es wahr, wenn sich ihr Gatte oder ihre Gattin allzu lange mit jemand anderem unterhält. Da mich niemand beobachtet, fühle ich mich unsichtbar und frei, die anderen zu beobachten, ohne dabei den Eindruck eines glotzenden Esels zu machen. Ich erhasche Aleksandras winkende Hand, die die Spitzen flattern läßt, Petrows wischendes Taschentuch, als er sich die Stirn trocknet, einen jungen Offizier aus Furuhjelms Gefolge, der, scheinbar der Unterhaltung lauschend, nach jungen Frauen ausspäht, die flieder-, teerosen- und lavendelfarben in Erwartung des Tanzes umherschweben.

Als Furuhjelm den Offizier etwas fragt, fährt der zusammen, und seine weiße Haut rötet sich. Ich stelle mir vor, wie er versucht, sich ins Gedächtnis zu rufen, was gesprochen wurde, während er mit seinen Gedanken vollkommen woanders war. Das Lächeln, das Frau Furuhjelm zwischen ihren Wangenknochen aufgespannt hat, fällt allein aus Höflichkeit nicht in sich zusammen.

Ich kann mich nicht mitreißen lassen von diesem Fest, das von Gespräch, Wein, Musik und dem Knistern zwischen den Geschlechtern in Gang gehalten wird. Seit dem Anschlag lebe ich in meinem Kopf, meinem Gehirn, meinen Gedanken, auch wenn der Spalt in meinem Schädel einen Kanal zwischen Hirn und Herz geöffnet hat.

Ich gemahne mich an die Aufgabe, die ich mir selbst gestellt habe und die wichtiger ist als ein vorübergehendes Amüsement.

Meine Gedanken irren umher. Ich denke an Veras Muff, den sie im Winter trug wie ein kleines Tier. Das Leben trägt den Tod im Arm. Der Mord trägt die Bedeutung eines Lebens. Ein Glas Wein! Ich lebe, und ich will leben.

Petrow wischt sich die Stirn und heftet seinen Blick auf Gouverneur Furuhjelm. Lauschend neigt sich der Kopf nach rechts. Fehlt nur, daß du auf allen vieren kriechst und mit dem Schwanz wedelst! Petrow trachtet nach Hjorts Posten, und Furuhjelm ist es nun einmal, der das entscheidende Wort in dieser Angelegenheit zu sagen hat. Ich schmecke Gallensaft im Mund, wenn ich daran denke, was ich gegen Petrow vorzubringen hätte. Mein Zeugnis wiegt schwerer als ein halber Ziegelstein. Ohne mich wäre die erbärmliche Wirtschaft des Hafenkontors längst offenbar geworden. Ich bin es, der Petrow über Wasser gehalten hat. Sieh zu, wie du weiterlavierst, Petrow ... Wo ist der Schlüssel?

Seit dem Unfall hat mich Petrow kein einziges Mal besucht. Lebed überbrachte mir Zettelchen, auf denen Petrow Ruhe empfahl und rasche Genesung wünschte. Er meidet mich. Warum?

Ich bin offenbar doch nicht unsichtbar, habe ich etwas zu eindringlich gestarrt? Petrow wendet sich um, löst sich von seiner Gesellschaft und kommt auf mich zu. Wir erheben die Gläser, er ein volles, ich ein leeres.

»Schön zu sehen, daß du in guter Verfassung bist. Lennart! Ruhe, Ruhe, das war in einem fort meine Rede Gantz gegenüber, und natürlich ist er als Arzt derselben Ansicht. Die Zeit heilt alle Wunden!« plappert er.

Meint er etwas anderes als das Loch in meinem Kopf? Spielt er verhohlen auf Aleksandra oder Vera an? Verzeiht er mir, obwohl ich ihn nicht um Vergebung gebeten habe? Allein der Gedanke macht mich rasend! Der Höhergestellte vergibt dem Untergebenen, und in der Vergebung liegt die gleiche Verachtung wie im Mitleid. Allerdings ist er ein Mann, der es vorzieht, den Dingen aus dem Weg zu gehen, unwissend zu sein, weder zu hören noch zu sehen, was unliebsam oder verdrießlich ist. Kann ein solcher Mensch überhaupt zum Mörder werden, der um Unannehmlichkeiten Bögen schlägt, der wegschaut, wenn einem anderen am hellichten Tag das Messer in den Rücken gerammt wird? Petrow will in Frieden leben. Er greift mit beiden Händen in die Kassentruhe und schenkt einer Frau mit bauschigen blonden Haaren einen Zobelpelz. Auf den Straßen von Nachodka erkennt er sie nicht mehr. Vor Aleksandras Tun verschließt er die Augen. Ich durchschaue Petrow nicht. Ist er ein Bastard aus Hund, Bär und Zobel?

»Sobald du genesen bist, kehrst du an die Arbeit zurück. Man hat dich im Kontor vermißt. Ja, und hier im Hause ebenfalls. Aleksandra und Vera und auch den Jungen fehlst du.«

Bestätigt das, was ich gemutmaßt habe? Weiß er mehr, als er wissen will? Schweigt er, als hätten wir ein Geschäft abgeschlossen, wiegen sein Posten und seine Zukunftspläne mehr als das, was ich mit seiner Ehefrau und seiner Tochter zu schaffen hatte? Steckt hinter der Maske des Hofhundes eine wölfische Natur?

Petrow schmunzelt, murmelt etwas, klopft mir auf die Schulter und geht davon.

Ich will nicht an ihn denken.

Die allermeisten Beziehungen zwischen Männern gründen darauf, daß einer überlegen ist, oder auf einem Handel.

Fern und Creutz sind Ausnahmen. Gantz ist eine Ausnahme.

Natascha mit der weißen Haube befreit mich von meinem leeren Weinglas und reicht mir statt dessen ein volles Glas Champagner. Ich nehme es, obgleich mir nicht der Sinn danach steht. Ich habe keinen Appetit und keinen Durst, und dennoch fühle ich mich wie der Junge aus Sparta, dessen Bauch der Fuchs angenagt hat.

Ich muß umhergehen und gesellig sein, andernfalls sehe ich aus wie ein kahler Kümmerling unter lauter blühenden Pflanzen. Die Luft ist angedickt von der Wärme der Menschen, von Rauch, Parfum, Pomade. Schweiß.

Vater Spiros hält in einem Eckzimmer hof.

Zwei blankgewienert wirkende Frauen glotzen den Priester an, als säße Christus persönlich im Salon. Die Frauen sehen wie Zwillinge aus, obwohl sie verschieden sind, die eine ist dunkel, die andere blond, die eine jung, die andere alt. Beide haben sie einen Glanz in den Augen, der an die Glasur von Porzellanfiguren erinnert. Ihre Wangen schimmern rötlich. Diese Mienen, diesen Fieberglanz der Augen habe ich auch während seiner Andachten gesehen. Was fehlt diesen Frauen? Sie trinken von den Lippen des Predigers mehr, als die Kirche der Form nach austeilt. Beim Gottesdienst ist der Pfarrer in seinem goldverzierten Meßgewand nichts als ein Rücken, der sich als Mittelsmann vor Gott verneigt. Vater Spiros hingegen, dieser nach Knoblauch riechende Geist und Schürhaken, scheint für die Frauen so wahrhaftig zu sein wie Jesus, der wahrer Mensch und wahrer Gott in einer Gestalt war. Sie begnügen sich nicht mit dem Geist. Sie verlangen auch nach dem Körper.

Vater Spiros, mein und Gottes Geschäftspartner! Der nicht zuletzt für Steinkohle und Silberrubel empfänglich ist.

Wie Petrow, so hat auch Vater Spiros Züge, die ich nicht kenne. Jeder ist viele, und wir sind einander fremd. Ich weiß nicht einmal, was ich selbst in den Augen anderer bin.

Unter den Jüngern sitzt auch Jakowlew, Aleksandras Günstling, ein aufgeräumter Mann, der am Kartentisch Platz nimmt oder die Tanzfläche betritt, ganz wie es gerade gebraucht wird. Überdies weiß er stets Anekdoten zu erzählen, verbreitet Klatsch. Er ist nicht so dumm, daß es einem zur Last fiele, aber auch nicht geistreich. Er ist ein Mann nach dem Geschmack der Frauen, groß und schlank, mit dichtem, gelocktem Haar, einem kecken Schnurrbart und einer muskulösen Gestalt, die durch die Uniform noch hervorgehoben wird. *L'ami des dames.* Spielt, singt, tanzt, schreibt Stücke und tritt darin auf. In einer Stadt wie Nachodka ist so ein Mann mehr als anziehend.

Vera sitzt neben Jakowlew auf dem Sofa. Wie ist es möglich, daß sie mir nicht sofort aufgefallen ist? Sie sieht mich nicht. Höflich hört sie zu, ich weiß jedoch, daß Vater Spiros' Reden sie nicht zu entflammen vermögen. Die Stimme des Geistlichen dröhnt wie eine Kupferglocke. Ich verstehe kein Wort und nippe an meinem Glas.

Als Vera mich bemerkt, erschrickt sie. Sie gleicht einer chinesischen Feuerwerksrakete, stets bereit, zischend in die Luft zu schießen. Aber ihr Blick geht an mir vorbei, ihre Miene löst sich nicht im verbindenden Lächeln des Erkennens auf. Für sie bin ich fremd, ein unbeschriebenes Blatt. Vera ist längst fortgegangen, ihr Herz und ihre Gedanken befinden sich bereits auf der Reise nach St. Petersburg.

Das Selbstmitleid schäumt über wie zu rasch eingegossener Champagner, ich ziehe mich von der Tür zurück. Ich habe Vera betrogen, aber am meisten mich selbst. Das Blut der Wunde gerinnt, neue Haut wächst nach, auch wenn eine Delle im Schädel zurückbleibt. Mit der vergehenden Zeit lagern sich Tage, Wochen und Jahre über den Ereignissen ab. Zeit gibt es genug. Vielleicht wird Vera zurückkehren, nachdem sie studiert hat. Vielleicht bleibt sie, findet einen Mann und heiratet ihn. Die Zeit macht die Schärfe ihres strengen Blickes stumpf. Es ist nicht nötig, zu verzeihen, es genügt, daß Zeit vergeht und Raum schafft für Neues, über dem die Tage, Wochen und Jahre abermals Schneewehen bilden.

Ein Mann glaubt, man springe von Frau zu Frau wie von Stein zu Stein. Und wenn sich ein Graben auftut? Dann fällst du wie ein Stein. Dann mußt du schwimmen können, Lennart! Alleine schwimmen! Von wem stammt das? Oder höre ich nur meine innere Stimme?

Im großen Salon stimmt das Orchester die Instrumente. Eine Tanzmelodie bricht durch die schwere Luft … sie kommt mir bekannt vor, aber ich erkenne sie nicht. Die Gesellschaft gerät in Bewegung. Lauter Mikadostäbe, die auf eine Berührung hin zusammenfallen und sich über den ganzen Tisch ausbreiten. Männer und Frauen stehen auf und drehen sich paarweise. Ich schlängle mich durch die Tanzenden hindurch zum Fenster. Die Lichter der Lampions zucken im Dunkeln. Sterne und der Duft nach Rainfarn.

Ich wende mich um, und in einem Anflug von Erregung verneige ich mich vor einer Frau, die mit dem Rücken zur Wand zwischen den Fenstern steht. Sie trägt eine hohe, merkwürdig gelbe Haartracht. Ich weiß nicht, wer sie ist. Meine Verneigung fällt unbeholfen aus, aber die Frau nickt lächelnd, und ich ergreife ihren Arm. Sie erinnert mich an den Kaffeewärmer meiner Großmutter, der oben mit einem Puppengesicht aus Porzellan abschloß. Der gefütterte Stoff öffnete sich zu einem weiten Rock, der in seinem warmen Inneren die silberne Kaffeekanne barg.

Der Kapellmeister dirigiert schweißtreibend wild, und das Orchester fiedelt. Glänzende Gesichter. Rainfarn. Meine feuchte Hand ruht auf der Taille der Porzellanpuppe. Die Quadrate des Parketts ziehen die Tänzer in ihr Muster hinein: Schritt, Schritt, Schritt. Meine Zehen schmerzen! Dabei ist doch noch immer Sommer, der späte Sommer Sibiriens! Erinnere dich nicht, vergiß! Tanze, tanze! Ein Fuß vor den anderen, eine Drehung. Wenn man sich zu sehr erinnert und zuviel nachdenkt, wird einem im Kopf schwindliger als beim Tanzen.

Schritt, Schritt, Schritt … Drehung … Drehung … im Uhrzeigersinn und gegen den Uhrzeigersinn. Bergab, immer weiter hinab. Der Tanz reißt den Körper fort. Es wird dunkel. Dunkel.

Oktober

Fieber. Hitze. Eine prunkvolle Seemannsmütze sitzt mir auf dem Kopf! Ich trinke Wein. Die Frauen im Wirtshaus: Augen aus Samt, Wangen wie Weizenbrötchen. Ich halte einen Regenmantel voller Pfefferkuchen und Apfelsinen im Arm. Der alte van Ren wird in seinem Krankenstuhl auf Rädern vorbeigeschoben. Ich stapfe von Wynberg in Richtung Simonsbay. Ich verlaufe mich, klettere in den Bergen herum. Dicker, unwegsamer Wald, in dem sich Hottentotten versteckt halten. In der Nacht kommt der Leopard und frißt die Innereien eines Stiers aus dem Topf.

Ich esse nicht!

Gib mir Wasser, Hottentotte.

Er lacht mit seinem schiefen Mund voller Zahnstümpfe.

Der Körper ist vom Wald gepeitscht worden. Es hämmert im Kopf. Metallreifen poltern ihren knochigen Weg entlang.

Hilf mir! Setz mir die prunkvolle Seemannsmütze auf den Kopf! Ich habe Schulden gemacht, bevor Vater starb. Ich habe unter einem Lebenden die Erde aufgegraben, darum starb er, fiel in die fertige Grube. Oder ist er selbst hineingekrochen? Um sich die Erde überzuziehen wie eine Decke? Schlaf gut. Der Himmlische Vater beschütze dich. *Glück kommt, Glück geht.*

Das Weiße ist Schwester Taube. Ich schlafe nicht. Sie ist der Todesengel.

Mögen sie sagen, was sie wollen. Die Wörter, die sie ausstoßen, sind schwarze Fliegen mit langen Rüsseln. Fliegen, die sich die Beine reiben. In Mariensk. Husch, husch, ich scheuchte sie davon. Die Hand hebt sich nicht, ich liege da wie eine Mumie. Na gut, dann zimmert eben um mich herum einen schönen Sarg. Zuerst einen, dann noch einen. Einen großen und einen noch größeren. Malt schöne Bilder auf die Bretter. Auf dem großen ist ein Bild von mir. Ich, groß genug für einen Sarg. Vielleicht ebenso groß wie Vater. Laßt uns beide ausmessen! Wie wäre es mit demselben Grab für Vater und Sohn? Wie ein Anzug, den man erbt. Ich erbe sein Grab. Soll er doch aufstehn. Ich habe ihn nicht dort hineingelegt, er ging selbst. Ich stehe auf und begebe mich selbst in mein Grab, ziehe die Decke über mich, schlafe und lasse Gras wachsen, doldenständige Pflanzen. Sie duften so gut, wenn es Abend ist.

Was meinst du, Gantz, handelt es sich um *Anthriscus sylvestris* oder *Pimpinella saxifraga* oder *Peucedanum ostruthium?* Ich weiß es nicht.

Wo bin ich? Unter einem Schuldenberg. Ich schulde Fedja und dem Juden. Ich habe mein Erbe aufgezehrt. Ich schulde Mutter, den Geschwistern. Ich habe ihrer nicht gedacht. Ich denke nicht. Sie sind weit weg, in einem anderen Land. Ich hob mich auf wie einen Koffer, trug mich nach Sibirien. Heiß ist es hier! Zahlt man mir meinen Lohn, obwohl ich nicht ins Kontor gehe? Hat Petrow meine Papiere nach St. Petersburg geschickt? Hat er nicht. Der Dieb und Mörder, der eifersüchtige Bär. Hat den Schlüssel zur Geldtruhe gestohlen, hat das Geld stibitzt. Würde er Fedja wenigstens sechs …

nein … neun Rubel zahlen. Fedja ist ein ehrlicher Totschläger. Wir schauen einander in die Augen. Ein Schwacher erträgt den Blick nicht, er wendet sich ab. Die Frauen im Hopdidoodle blickten brennend. Eine Hure saß bei einem Neger auf dem Schoß! Trink Bier, trink Bier, schluck so viele Krüge, wie dein dünner Leib aufnehmen kann! Ich habe Geld, ich habe Durst. Die Säcke sind voller Silberrubel und Pfund und Pence, da ich doch meine Uhr verkauft habe.

Ein Mädchen küßte mich auf die Wange. Die Haut brennt noch immer.

Scher dich davon, Engel! Die Flügel eingeklappt und ab in den Himmel, wie eine chinesische Rakete mit Feuer am Schwanz! Was soll ich mit dir! Du raschelst und flatterst wie ein Nachtfalter. Ich will Abkühlung und Schlaf. Ich schlafe neben meinem Vater, und dort ist mir nicht wohl, denn ich habe ihn nicht geliebt, auch nicht über seinen Tod getrauert. Warum sollten wir als Tote nebeneinander schlafen, da wir es als Lebende nicht ertrugen, die Füße unter denselben Tisch zu stellen. Nein, nicht neben Vater. Ich habe das Erbe verpfändet … wie viele Rubel? Ich erinnere mich nicht. Vater Spiros nahm das Papier und verbarg es in der Matratze. Ein kluger Mann. Auf einer solchen Matratze schläft es sich gut. Der Chinese lacht, auch wenn sein Gesicht nicht zuckt. Vater Spiros lacht. Zusammen lachen sie über mich, immer wieder stimmen sie dieselbe Leier an: »Armer Lennart!« Sie sind die Mörder. Wessen Hand hielt den Stein? Bestimmt war es der Chinese. Vater Spiros stand abseits. Las die Liturgie und schlug das Kreuz. Adieu, Lennart, willkommen, Bergwerk, zu zweit machen sie sich daran, aus Leibeskräften zu graben. Graben sie ein Grab? Der Chinese ist ein starker Mann. Der Vater schaufelt Silberrubel in den Sarg.

Sie begraben die Geldtruhe. Ich bin im Sarg. Hört mich, ich bin in dem Sarg!

Arme und Beine schlottern. Der Rücken krümmt sich zum Bogen. Im Sarg ist es dunkel.

Fieber. Ein Gehirnabszeß. Epileptische Anfälle und Halluzinationen«, sagt eine Stimme.

Gantz. Gantz ist da, der Gute. Ein Kopf wie ein Luftballon, Schweiß glänzt auf seiner Stirn.

Der andere ist Tutscheff. Ein großartiger Arzt auch er. Schläferte den Dänen ein, zog einen Zahn, und der Däne starb. Na gut, gut, gut. Sollen sie gemeinsam töten. Vielleicht willst du auch töten, Gantz. Der beste der Männer den Mord im Herzen. Töte mich, töte auch deine Frau, töte sogar deine Töchter! So macht es ein Mann, damit er nicht allein sterben muß. Am saubersten erledigt man das mit der Flinte. Wenn man selbst nicht leben will, warum sollten dann die anderen leben. Gehen wir eben alle Mann ins Grab! Die ganze Welt ins Massengrab! Wir passen allesamt in Hutschachteln. Der Mensch nimmt als Asche nicht viel Platz weg. Er paßt sogar in eine Streichholzschachtel. Wenn die ganze Welt niedergebrannt wird, bleibt niemand zum Trauern zurück. Niemand, der vermißt, der sich sehnen muß. Nur den Toten bleibt die Sehnsucht nach der Welt. Wenn es aber keine Welt mehr gibt, wonach sich dann sehnen?!

Ermordete und Mörder in dieselbe Grube. Was für eine Welt! Wir liegen nebeneinander. Hier ist wohl sein. Der Winter kommt mit Schnee, und der brennende Schmerz kühlt ab.

Großmutter geht vor mir her, sie schwankt wie ein Grashalm. Ich sehe ihren Kopf, den grauen Dutt. Ich bin nicht größer als ein Stengel. Die Wiese läßt rote Blumen wachsen. *Epilobium angustifolium*. Was machst du hier, Gantz? Geh weg! Ich folge Großmutter auf der Wiese, das Gras neigt sich vor den Körpern, so demütig wie Kirchenbesucher. Es riecht nach Sommer: Gras, Sonne, Bienen. Ich bin klein, du gehst voran. Ich renne, die harten Halme stechen. Verlaß mich nicht! Du bereitest mir den Weg.

Das Wasser teilte sich vor Moses.

Am Morgen sagst du: Wenn es nur Abend wäre, und am Abend sagst du: Wenn es nur Morgen wäre!

Es ist Abend. Schrägstehende Sonne, Heustaub im Licht. Der Weg öffnet sich, Großmutter geht voran, sie ist lang wie eine Stange. Sie spricht nicht. Vater fragt, wo wir gewesen sind. Mutter streicht Jod auf die Wunden, Vater führt das Verhör, Mutter trauert, Mutter ist ergraut. Vater sagt, Lennart wird die Jurisprudenz studieren. Lennart hat eine schlechte Gesundheit, sagt Mutter. So ein gesunder Mann! Ich bin fünfundzwanzig, ich bin kein Kind mehr. Das Laken ist schweißnaß, Schwester, Engel der Gnade, wechselt das Laken! Bringt ein Handtuch! Die Arznei riecht übel. Um meinen Kopf habe ich einen dicken Verband. Das Gehirn außerhalb des Kopfes, drum herum eine prunkvolle Seemannsmütze.

Nagelt meinen Sarg nicht zu! Laßt mich erzählen! Aleksandra hat mich ermordet, die eifersüchtige, aufbrausende Frau. War von mir enttäuscht, vom Leben enttäuscht. Sie sagt: Bring mich fort von hier, Lennart! Laß uns nach Samarkand gehen! Nach Trinidad! Umfahren wir Kap Hoorn! Die schönste Frau der Welt ist Mery de Luze. Sag das nicht Aleksandra! Ich sagte es ihr, und sie mordete mich.

Sie machte sich Sorgen. Da waren die Kinder, das Alter, der Hüftspeck. Ich vergrub meine Hände im Fleisch. Sie tötete, weil sie liebte! So sehr bin ich geliebt worden! Neben Holm in den morastigen Straßengraben, dort gehörst du hin, Lennart, weil du deine Schulden nicht beglichen hast. Bei Fedja, beim Juden. Wie viele Male mordet ein Mörder? Wie viele Male muß man sterben?

Zuerst schlug er zu, dann ließ er mich sterben. Wer? Wer einen Mord begeht, muß Angst und Liebe kennen. Sonst ist er nicht bereit. Müht sich ein Mörder zu seinem Vergnügen? Der Schnitter senst das Heu. Aleksandra liebte. Vera liebte. Petrow hat Angst. Vater Spiros hat Angst. Der Chinese hat Angst. Mein Kopf ist klar, die Gedanken kreisen, der Körper windet sich nicht, die Knochen liegen ausgestreckt auf dem Laken.

»Trink!« Gantz reicht mir einen Becher.

Ich trinke eine bittere Flüssigkeit.

Gantz' Kopf wieder hat ein gewöhnliches Format. Er hat sich rasiert. Seine Miene ist besorgt. Am liebsten möchte ich ihn umarmen, aber da ist keine Kraft in den Armen. Ich bin nicht imstande, mich zu bedanken, um Verzeihung zu bitten. Ich kann nicht lieben. So ein Leib soll ruhig dahingehen.

Eine alte Frau sagte zu Großmutter: *Partir, c'est toujours mourir un peu.*

Der Wein schmeckt bitter. Eine Hand, übersät mit Leberflecken.

Mit Großmutter im Kurbad. Ich habe einen eigenen Koffer. Dort werden die Namen der ausländischen Städte aufgeklebt. Ich habe es gut. Keine Sehnsucht nach Vater und Mutter. Alle Leute sind alt. Sie gehen mit kleinen Schritten. Ich bin nicht alt. Ich laufe, laufe, laufe in den Garten und in den Labyrinthen der viereckig geschnittenen Hecken. Der Sand knirscht. Beim Laufen streichelt der Wind die Stirn. Der brennende Schmerz klingt ab. *Trompe l'œil.* Der Garten setzt sich auf der Wand fort. Ich laufe in das Bild. Ich muß lachen. Der Körper zuckt.

In die Wand hinein! Sie haben es nicht bemerkt. Sie finden mich nicht.

Die Tante ißt Sorbet. Das ist kalt, der Mund der Tante kräuselt sich. Ich trete mit dem Fuß gegen den Tisch. Großmutter schaut mich an. Ich bin nicht alt. Im Kurbad besteht das Nachtleben aus Schnarchen. Auf dem Tor steht: Betreten verboten! Ich laufe hin und zurück. Mir ist heiß, kalt, ich schwitze. Jungchen, sagen die Tanten. Ich lache. Sie sind alt und werden bald sterben. Sie trinken Mineralwasser, aber sie sterben. Im Garten steht eine Skulptur, die umgestürzt ist, ein Mann aus Stein. Unter seinem Kopf liegt ein hellrotes Kissen.

Schlaf, schlaf! Ich schlafe und werde genesen. Ich werde aufstehen, ich werde mich rächen. Nein, nicht! Der Kopf wird ganz heiß. Still, Lennart!

Großmutter geht im Englischen Garten spazieren. Das ist ein Wald. Unter hohen Eichen schwebt grünes Licht. Großmutter geht langsam. Sie legt die Hand auf die Brust. Sie sagt: »Himalaja«, als der Pfad ansteigt. Ein kleiner Hügel! Ich renne hinauf und hinab. Ich zeige Großmutter, wie man den Himalaja erklimmt. Das Wasser im Teich bewegt sich nicht. Auf der Oberfläche treiben Seerosenblätter.

Es ist gut, im Kurbad zu sein. Ich ruhe mich aus. Keine Sorgen um Geld, auch nicht um einen Schlüssel.

Der Rand des Glases stößt gegen die Zähne. Es klingt hell. Sind meine Zähne schon aus Porzellan?

Auf Großmutters Kurbadwiese scheint die Sonne. Über den Blumen fliegt ein Schmetterling. Großmutter sagt, auf französisch heiße er *papillon*. Ich lache. Das Wort verschwindet ebenso rasch wie der Schmetterling. Großmutter sitzt auf einer Bank. Auf der Wiese steht ein gebeugter Mann. Er schwingt die Sense. Das ist der Tod! Wieder muß ich lachen. Großmutter sagt, der Mann sei blind. Ein blinder Mann mäht das Gras. Die Storchschnäbel fallen.

Es duftet nach Rainfarn. Nach Minze, Kamille. Arznei.

Das Zimmer erstrahlt im Licht. Die Gegenstände sind aus Licht gemacht. Licht ist Zeit. Ich habe Zeit. Weißes Licht. Der Verstand schneidet wie ein Messer, der Abszeß platzt auf, Eiter und Fieber rinnen aus dem Leib. Ich bin rein wie das Licht.

Auch wenn man nichts will, möchte man alles. Schwarz und Weiß. Rechts und links, allein sein und lieben. Alles zu wollen, das ist wie der Hunger des Jungen aus Sparta. Ich ruhe aus. Die Hände ruhen auf dem Laken. Kein Schmerz zu spüren, nicht in den Fingern und nicht in den Zehen. Der Kopf ist klar.

Ich denke langsam, damit das Fieber nicht steigt.

Ich denke überhaupt nicht. Die Möbel schweben im Licht. Die Welt ist federleicht. Blas eine Pusteblume an! Wird es ein gutes Wolljahr werden? Die Wolle der Schafe ist dick wie der Nebel über Nachodka. Nein, der Tag ist hoch. Ich liege im Gras, die Gräser schwanken, Nachtwind. Wenn mir jemand ins Ohr flüstert, spüre ich es bis ins Mark.

Der Mensch hat einen Kopf, einen Rumpf, Arme und Beine. Im Kurbad war ein Mann, der hatte ein loses Bein. Er schnallte es ab, bevor er ins Becken stieg. So erzählte ich es Großmutter. Sie schüttelte den Kopf. Hier mähen sogar die Blinden.

Gantz! Er kommt nicht. Schwester Taube huscht durchs Licht. Sie raschelt wie ein gestärktes Totenhemd.

Ich versuche mich zu erinnern. Einst warf ich das Gedächtnis ins Meer, wollte mich nicht mehr erinnern. Dann nahm ich ein neues Heft und schrieb. Ich schreibe alles auf, ergründe alles, stelle Berechnungen an. Wo ist der Keim des Mordes? Gantz redet. Ein Mensch und ein Mord gedeihen wie Weizen und Hundsweizen. Der Samen der Pusteblume ist ein Kind, flockenhaft, fliegt leicht dahin.

Ich bin ruhig. Ich kläre alles auf.

Einen Verbrecher straft man nicht um der Rache, sondern um des Gesetzes willen. Die Vernunft wägt ab. Ist das eine exakte Waage? Der Mörder karrt Steinkohle in der ewigen Finsternis, wird blind wie ein Grubengaul. Nein, bloß nicht sich aufregen! Schlägt man einem anderen auf den Kopf, ist man erhitzt. In solch einer Dunkelheit gibt es kein Licht der Vernunft, Haß erhitzt das Hirn. In Afrika kochen sie Affengehirne, essen sie auf. Zuerst haben sie den Affen erschossen. Dann haben sie geweint wie um einen Bruder. Anders glauben sie es nicht: Man muß das Töten zuerst ausprobieren, damit man weiß, wie man sich dabei fühlt. Schieß, stich, nimm die Harpune, schlag zu! Tot ist tot. Mensch, Affe, Tiger, Wal, Seeschildkröte. Die Schildkröten starben am Sonnenschein. Es gibt viele Arten zu töten, ich mag sie nicht zählen.

Der Ziegelstein zählt zu der übelsten Sorte. Das Opfer ist nicht einmal tot! Hat sich aufgerappelt und geht wieder auf seinen eigenen Füßen. Da gibt es was zu staunen, wenn der

Ermordete gar nicht stirbt, sondern seinen eigenen Mörder schnappt. Heiß, es ist heiß, es brennt.

Hör auf zu hassen und laß den Zorn fahren,
er ist nur von Übel.
Denn die das Üble tun, werden vernichtet …

Von wo fallen die Wörter herab? Als würde man eine Hasenknarre drehen!

Schweig, sprich nicht! Vater Spiros' Mund rotiert. Ich habe diesen Schürhaken nicht an mein Bett gerufen. Sollen sie ihre Geschäftsangelegenheiten doch ohne Gott regeln! Wo sind die Papiere? Wo ist das Geld? Wann werden Bauholz und Gerätschaften bestellt? Die Zwangsarbeiter eingespannt? Nun sag nur, welchem Herrn du dienst! Falls du auf meinem Geld schläfst, werde ich dir den Schlaf rauben. Das ist schlimmer als ein Alptraum. Du wirst verrückt werden, wirst den Oberteufel selbst zu Gesicht bekommen, du elender Quälgeist!

Der Mund ist schwarz und bodenlos tief wie ein Brunnen.

Atmet Knoblauch aus.

Ich habe genug von Geschäften und von Gott.

Stiehl von mir aus, aber nimm einem Menschen nicht die Gnade weg! Ob du stiehlst oder ein Geschäft machst, das kommt auf dasselbe heraus.

Ich bin zum Bruder der Schakale geworden und ein Geselle der Strauße. Du hast den Nagel auf den Kopf getroffen, alter Knabe.

Hilf mir! Vertreibe den bösen Geist! Gantz begleitet Vater Spiros zur Tür hinaus. Schon ist es still. Schon herrscht Friede.

Man braucht nichts in die Zeit zu schreiben. Die Seite ist rein. Die Arznei brennt, der Gaumen wird trocken. Gantz fährt mir mit einem Eiswürfel übers Gesicht, über Stirn, Nase, Lippen. Das Eis schmilzt auf der Zunge, es macht den Kopf kühl. Das Pochen legt sich.

Ein Zug jagt auf Geleisen dahin. Der Rauch zerstiebt im Wind. Steinkohle ist kostbarer als Diamanten. Steinkohle in einem Samtetui – bitte sehr, schöne Frau! Liebe mich! Du sagst, du erträgst dieses Leben nicht, die Abgeschiedenheit. Dann laß uns aufbrechen, anderswo hingehen! Wohin? Ich weiß nicht. Geht es von hier aus, dem Ende der Welt, noch weiter? Ich laufe, ich laufe. Kühler Wind, Arme. Wohin verschwindet der Rauch?

Das Rückgrat verbiegt sich, in der Esse wird geschmiedet, rot und dunkel. Das Licht gleißt.

So ist das, Lennart. Alles wendet sich zum Guten. Alles kommt in Ordnung.

THEODOR GANTZ
Helsinki 1879

Das Jahr hat gewechselt. Für Januar ist das Wetter heute mild. Aus den Regenrinnen schlagen Wassertropfen wie Nägel in den Schnee. Ich habe gelesen, was Lennart schrieb. Oder sprach er zu mir, ohne den Mund zu öffnen?

Es geht mir besser. Die Schmerzen des Leibes haben nachgelassen. In der Nacht schlafe ich nicht viel, aber fest. So begegne ich all dem, was mich in der Praxis erwartet, mit größerer Frische: Skoliose, Hämorrhoiden. Ohrensausen, Nackenversteifung, Kopfschmerz, drückendem Unterbauch, eingewachsenem Großzehennagel, Herzrasen. Gelenkbeschwerden. Die Reichen leben gut, nehmen am Tag zwei warme Mahlzeiten zu sich, fahren in Droschken, damit ihre Füße nicht naß werden, und schlafen in geheizten Räumen, und dennoch werden sie krank. Wie krank sind erst die Armen! Die Armut ist ihre Krankheit. Das habe ich in Sibirien gesehen.

Was Lennart über mich erzählt, schmeichelt mir. Manchmal ist ein Lob schwerer zu ertragen als ein Tadel. Einen Tadel schüttelt man ab wie einen Stein aus dem Schuh. Das Lob will man nicht loslassen, und es wird mit der Zeit zur Last. Nach dem Weihnachtstrubel herrscht zu Hause zwischen Livia und Eivor ein Waffenstillstand. Für die letzte

Auseinandersetzung rächte sich Eivor, indem sie die Speisen verdarb, bevor sie bei einem Diner gereicht wurden. Das Soufflé, das leicht sein sollte wie eine Wolke, lag wie ein nasser Pfannkuchen auf dem Teller. Das geht an die Ehre der Gastgeberin.

Meine Atomtheorie erscheint mir jetzt lächerlich. Vermutlich plagte Lennart weit mehr als nur die Erfrierung, die er sich auf der Seereise zugezogen hatte, möglicherweise eine Verengung der peripheren Blutgefäße, aber das hat ihn nicht umgebracht.

Lennart zeigt sich mir nicht, aber seine Frage ist mir geblieben. *Wer hat mich ermordet?* Ich bin erstaunt. Die Toten schwimmen tatsächlich im gewaltigen Aquarium des Universums. Sie treiben mit dem Wissen umher, das sie hatten, als sie starben. Sie wissen nicht mehr als wir, die Geschichte ist im Moment ihres Todes einfach abgebrochen. Sie sind in der Zeit konserviert. Darum beneiden die Toten die Lebenden um die Zeit, die weiterzieht. Vielleicht sind sie deshalb bereit, bei spiritistischen Sitzungen ihre Scherze zu treiben.

Ich schreibe meine Schlußfolgerungen auf, alle Möglichkeiten und Alternativen:

1. Es war ein Verbrechen aus Leidenschaft

a) Die Mörderin ist Aleksandra Petrowa. Aleksandra (sie lebt mittlerweile getrennt von ihrem Mann in Moskau) ist eine leidenschaftliche, intelligente Frau. Sie konnte das Leben an der Seite Viktor Petrows in den engen gesellschaftlichen Kreisen der kleinen Stadt nicht ertragen. Sowohl Leidenschaft als auch Intelligenz sind empfänglich für Kränkungen. Insbesondere die Intelligenz. Lennart ist nicht Aleksandras erster Liebhaber gewesen. Vielleicht war es seine Jugend, von der sich Aleksandra angezogen fühlte. Schließlich habe ich selbst die Feststellung getroffen, daß Lennart wie eine frisch geschlagene Münze war, die noch nicht durch viele Hände gegangen ist. Vielleicht hatten Lennarts Halluzinationen ihren guten Grund. Bring mich nach Samarkand! Vielleicht hätte Aleksandra ihn gerne bearbeitet (eine Metze Land am Tag). Sie hätte sich aus Lennart ihren Homunkulus fabriziert. Als Lennart sich von Aleksandra löste, kränkte er sie. So unmöglich ihre Verbindung war – an einem Ort wie Nachodka hätte sie eine Chance gehabt. Aleksandra erlangte schließlich Klarheit über das Verhältnis von Lennart und Vera: eine zweite, eine blutige Kränkung. Mutter und Tochter. (Vera ist mittlerweile in St. Petersburg mit einem Mathematiklehrer des dortigen Lyzeums verheiratet.) Der Homunkulus lebt nicht durch Aleksandras Atem, sondern steht auf eigenen Füßen und atmet mit seiner eigenen Lunge.

b) Die Mörderin ist Vera. Das junge Mädchen wurde wie ein Kind behandelt, auch wenn sie bei Diners mit am Tisch sitzen durfte. Wollte die Mutter eine Konkurrentin ausschalten? Vera wehrte Jakowlews Augenzwinkern und Scherzworte ab. Jakowlew bemerkte durchaus, wann ein Mädchen zur Frau geworden ist. Wachstum läßt sich nicht unterdrücken, der Bambusschößling drängt selbst durch das dickste Blatt. Vielleicht entwickelte sich Veras Intelligenz rascher als ihr Körper und ihre Gefühle? Nein, eher bildeten sich die Gefühle ohne Verhältnis zum Körper heraus. In Vera steckte eine beängstigende Leidenschaft, so als ob sie ihren Schatten verschluckt hätte. Wie wäre die Geschichte weitergegangen, wenn Aleksandra ihrer Tochter nicht die Wahrheit gesagt hätte? Vera reißt sich los, entpuppt sich, aber aus dem Kokon entfaltet sich kein Schmetterling, sondern eine Fledermaus, ein Bastard aus Maus und Vogel. Lennarts Blick verspottet dieses Wesen. Vera rächt sich, um frei zu sein.

2. Es war ein Verbrechen aus Eigennutz

a) Der Mörder ist Viktor Petrow. Die Art und Weise, wie der Mord geschah, paßt zu seinem Charakter besser als zu jedem anderen! Wie viele andere Dummköpfe ist er hochmütig und, was seine Ehre betrifft, äußerst empfindlich. Er spannte Lennart in eine Abmachung ein, von der er, Petrow, selbst den größten Nutzen hatte. Er hatte Angst vor Lennart und dem Wissen, das sein Untergebener besaß. Petrow wurde von einer gefährlichen Kombination aus Gier, Imponiersucht und Dummheit beherrscht. Ich weiß nicht, wann er zum ersten Mal in die Kiste mit den unverbuchten Geldern griff. Nur geborgt, nur geborgt, wiederholte er gewiß immer wieder, weil er sich sonst entlarvt hätte. Im Sommer 1871 geschah trotzdem etwas! Petrow benötigte viel Geld, und zwar umgehend. Was für ein Ereignis war das? Ich habe eine Ahnung davon. Nach Hjorts Tod im Frühjahr war dessen Posten vakant, und Petrow streckte danach seine Fühler aus. Er brauchte Geld, um die Beamten in St. Petersburg zu schmieren! Viel Geld! Als man nach Lennarts Tod die Kassentruhe aufbrach (der Schlüssel ist nie gefunden worden), fehlten darin 654 Rubel. Der Schlüssel hatte sich in Lennarts Händen befunden, und niemand war auf den Gedanken gekommen zu fragen, ob es mehr als nur einen Schlüssel gab. Die Polizei nicht und ich auch nicht. Petrow jammerte über das enttäuschte Vertrauen. Aber außer ihm gab es in Nachodka niemand, der Lennart für einen Dieb gehalten hätte.

Wie auch immer, Petrows Ruf war gerettet. Jedoch durchlebte er Wochen des Bangens, als Lennart nicht sofort starb. Hjorts Posten hat nicht er bekommen, vielmehr kam der neue Amtsinhaber aus St. Petersburg. Und wenn das einer der Männer war, die Petrow geschmiert hatte?!

b) Der Mörder ist der Chinese, dem Vater Spiros den Auftrag erteilt hat zu töten. Auch ich kenne den Namen des Chinesen nicht, aber der Mann verließ Nachodka kurz nach Lennarts Tod und ist seitdem nicht mehr gesehen worden. Wohin sind die Unterlagen über Lennarts Erbe verschwunden? Es preßte mir das Herz zusammen, als ich Lennarts Mutter vom Tod ihres Sohnes schrieb. Auch über das Verpfänden des Erbes mußte ich berichten. Frau Falk hat nie geantwortet. Sie starb noch im selben Winter. Vater Spiros segnete Lennarts Leichnam auf dem Hügel von Nachodka. Auf dem Grab wächst eine Birke. Ich weinte und trauerte. Damals erkannte ich keinerlei Ironie in der Begräbniszeremonie. Vater Spiros begrub Lennarts Geheimnis und versteckte das Geld. Den Chinesen zwang er zur Flucht, denn dessen Hand hatte den Ziegelstein gehalten. Vater Spiros erhielt das Geld und fuhr wegen des Bergbauvorhabens nach St. Petersburg, das hat mir ein Beamter dort bestätigt. Allerdings erwies sich die Gründung eines Bergwerks als sehr viel komplizierter, als der Geistliche geglaubt hatte. Er war habsüchtig, aber er war kein geduldiger Mensch, der eine lange Lunte legt und abwartet. Er dachte sich, Geld ist Geld, auch wenn es lediglich um die Bankzinsen wächst. Sollen doch künftige Generationen ihr Bergwerk bauen! Sollen sie die Erdkugel aushöhlen! Vater Spiros predigte weiterhin das Wort Gottes. Das flüsterte ihm nicht der Himmel ein, sondern die

Vorsicht, denn hätte er plötzlich angefangen, auf großem Fuße zu leben, hätte das Argwohn geweckt. Hat Gott sich gerächt? Jedenfalls fiel Vater Spiros' Ende reichlich grotesk aus. Der Tod schoß vom Himmel: Als er unter einer Birke Schutz vor einem Gewitterregen suchte, schlug der Blitz in den Baum und verbrannte den Mann zu Asche. Das geschah im Jahr 1873. Über das Schicksal des Geldes weiß ich nichts.

Jetzt, wo ich das Fenster öffne, weht der Duft des schmelzenden Schnees herein. Ich fühle mich leichter und kräftiger als im Herbst. Ob ich abgenommen habe, auch wenn mein Gesicht im Spiegel so breit aussieht wie zuvor? Morgen früh erwarte ich einen Patienten, den verkrümmte Zehen plagen.

ZUM SCHLUSS

Warum hat Theodor Gantz in sein Kontobuch nicht die Wahrheit geschrieben? Glaubte er, Lennart damit zu schützen? Nein, er schonte sich selbst, das Gemüt und den Körper eines alternden Mannes, den das Morgengrauen einer schlaflosen Nacht, die Stunde des Wolfes, auffraß. Er nahm die Last von seiner Brust, zog sich wie Münchhausen empor, obwohl er längst kahl war. Damit endeten die Aufzeichnungen.

In einer Kriminalgeschichte wäre die Wahrheit über Lennart Falks Tod nicht akzeptabel.

Ich besitze einen Brief, den Theodor Gantz, Doktor der Medizin und Kollegassessor, im Herbst 1871 von Nachodka nach Helsinki schickte.

Ich zitiere einen Abschnitt daraus.

Den Ermittlungen der Polizeibehörden zufolge stellte sich der Verlauf der Ereignisse wie folgt dar: Zwei in der Garnison von Nachodka dienende Soldaten hatten gleichzeitig ein Liebesverhältnis mit Natascha B., dem Dienstmädchen der Familie Petrow. Als den jungen Männern klar wurde, daß sie Konkurrenten waren, wollte jeder den anderen aus dem Weg räumen. Der Aussage des Garnisonskommandanten nach galten beide Männer als heißblütig und gewalttätig. In der Nacht auf den 6. August begegneten sich die Rivalen im Garten des Vorstehers des Hafenkontors, Viktor Petrow. Beide warteten darauf, daß Natascha B. sich von ihrer Arbeit freimachte. Soldat Valentin Maximow ergriff einen halben Ziegelstein, der an einer Ecke des Hauses auf der Erde lag. In dem Glauben, Soldat Hermann J. ginge den Gartenweg entlang, holte Maximow aus und schlug zu. In der Dunkelheit irrte er sich in der Person. Da Hermann J. aus unbekannten Gründen seinen Nebenbuhler deckte, zogen sich die polizeilichen Ermittlungen in die Länge. Maximow wird in Kürze vor Gericht gestellt.

Nun, ich fragte, wo Sibirien liegt. Das Paradies. Inzwischen hat man den Globus sogar vom Weltall aus kartiert, dennoch ist auf seiner Oberfläche ein weißer Fleck geblieben. Er bewegt sich, rückt immer weiter. Er befindet sich an der Stelle der Landkarte, auf die ich meinen Finger lege. Dorthin, dorthin reise ich, denn dort wartet eine andere Zukunft.